POSTKARTE
Für:
Von:

Barbara Behr Edition

MIX
Papier aus verantwortungsvollen Quellen
FSC® C020056
FSC www.fsc.org

Mineralöl freie Druckfarbe

ISBN 978-3-649-64247-3

Hafenweg 30, 48155 Münster, Germany
Illustrationen und grafische Gestaltung: Barbara Behr
Textsatz: Thomas Wolters, Internetlitho
Redaktion: Kai König

www.coppenrath.de

Gitta Edelmann & Regine Kölpin

Briefe für dich

Eine romantische
Weihnachtsgeschichte in 24 Kapiteln

ADVENTSKALENDERBUCH
MIT AUSKLAPPSEITEN

COPPENRATH

Hannah

Die neue Kaffeeröstung roch wunderbar aromatisch, als Hannah sie in die Kaffeemühle gab. Diese Mischung aus Nicaragua schmeckte zuerst immer etwas herb, hatte aber im Abgang eine nussig-vanillige Note. Wenn man sich darauf einließ – aber das taten die Menschen in Fohrenbach bisher nicht. Sie wollten weder ihre Kaffeeröstungen noch die Teevielfalt in Hannahs Buch-Café probieren und auch keine Bücher kaufen oder Selbstgestricktes.
Dabei hatten sie und ihre Freundin Lisa mit diesem Buch-Café eine ganz besondere Idee umgesetzt und all ihre Vorlieben unter einem Dach vereint.
Hannah sah sich wieder mit Lisa vor diesem schmucken und wundersam schiefen Fachwerkhaus stehen.
„Das ist perfekt!", war ihre einhellige Meinung gewesen. Sie hatten sich spontan in die fünf niedlichen Verkaufsräume verliebt und, ohne groß nachzudenken, zugeschlagen.
„Wir eröffnen kurz vor der Weihnachtszeit, dann brummt der Laden gleich", hatte Lisa vorgeschlagen. Nur war sie dann im November mit Moritz nach München gegangen. Und Hannah stand nun allein vor allem. Inmitten der hohen Schwarzwaldtannen und weit weg von ihrem Zuhause an der Nordsee.
„Kann ich etwas von diesem Früchtetee haben?", fragte eine junge Frau, die geraume Zeit im Bereich mit den Büchern herumgestöbert hatte und endlich fündig geworden war. Es war schon kurz vor Mittag und sie war Hannahs erste Kundin.
„Zum Mitnehmen oder soll ich Ihnen ein Kännchen aufbrühen?", fragte sie.

„Ich möchte ihn hier trinken. Sie haben das Café so herrlich weihnachtlich geschmückt. Außerdem habe ich mich unsterblich in die Socken mit den Streifen verliebt."
Hannah lächelte. Es tat gut, etwas Positives zu hören.
Wenn es nämlich so weiterging, würde sie das Buch-Café wieder schließen müssen. Und das, bevor sie draußen überhaupt ein Schild angebracht hatte. Ihr fehlte einfach noch die richtige Idee für den Namen. Traurig, wenn sie vielleicht auch gar keinen mehr brauchen würde.
Es klingelte und drei weitere Kunden traten ein. Wenigstens tat sich heute etwas.

Jonas

Schon seit Tagen hatte er vorgehabt, im neuen Café in der Hauptstraße reinzuschauen und einen Artikel für seinen Blog *Freizeittipps – Ihr Unternehmensberater* zu schreiben. Nur gingen seine bezahlten Aufträge als Journalist natürlich vor. Doch nach dem nicht ganz einfachen Interview mit dem Betreiber der Windräder auf der Fohrenbacher Höhe brauchte Jonas dringend einen starken Kaffee.
Ein Glöckchen klingelte, als er die Eingangstür des Cafés öffnete und eintrat. Die duftende Wärme hier drinnen war nach dem kalten Wind bei dem Gespräch auf der Lichtung äußerst wohltuend, doch seine Brille beschlug sofort und er musste sie abnehmen.
An der Wand hinter dem Verkaufstresen wies ein Schild in einigermaßen großer Schrift auf *Kaffeespezialitäten* hin. Jonas runzelte die Stirn und kniff die Augen zusammen, um das Angebot zu lesen. Dann bestellte er eine Sorte mit nussiger Note bei einer etwas zu bunt gekleideten jungen Frau und suchte sich einen Platz an einem Tischchen in der hinteren Ecke.
Der Korbstuhl war überraschend bequem, und nachdem er die Brille geputzt hatte, sah er sich in Ruhe um. Nett war es hier. Der Raum nebenan mit den Büchern lud direkt zum Stöbern ein. Schade, dafür hatte er heute keine Zeit, er musste noch den Brief an Tante Helga verfassen, bevor er in die Redaktion fuhr. Sie anzurufen wäre schneller gewesen, aber seine Großtante hasste das Telefon. Er packte seine Sachen aus und begann zu schreiben.
Als der Kaffee kam, bedankte sich Jonas, ohne aufzusehen.

Tut mir leid, Tantchen…, schrieb er und nahm nebenher einen Schluck. Der war nicht schlecht! … *ich hab keine Ahnung, wie lang der Tee ziehen muss. Ich muss dieses ostfriesische Teezeremoniell selbst erst recherchieren. Bis zu meinem Besuch am Samstag weiß ich aber Bescheid! Und ja, die Elli hat…*
Sein Handy klingelte.
„Mama?“
Noch während seine Mutter ihm erzählte, dass sein Vater gestürzt war, raffte Jonas mit einer Hand seine Utensilien zusammen, legte einen 10-Euroschein auf den Tisch und verließ fluchtartig das Café.

BÜCHER
&
CAFÉ
&
MEHR
Fairy tales
Calvano
Lavello
OVER THE OCEAN
How to play golf
TIME TO LEAVE
Joseph Heller
The great Gatsby

BÜCHER
&
CAFÉ
&
MEHR
1

Aber sie hatte hier gesessen. Genau wie der unfreundliche Typ, der nach dem Telefonat hektisch aufgesprungen war, einfach Geld auf den Tisch geknallt hatte und dann hinausgestürmt war. Und die ältere Dame mit dem Federhut, die sich ständig mit ihrem Pekinesen unterhalten hatte.

„Sechs Kunden hast du gehabt", sagte Hannah zu sich. „Und vier haben an diesem Tisch gesessen."

Richtig, da war auch noch der Anzugträger gewesen, der nur herummäkelte. Den Kaffee hatte er als zu stark bezeichnet und der Kuchen hatte ihm zu sehr nach Zimt geschmeckt.

Aber dass einer von ihnen in diesem Buch geschmökert hatte – daran konnte sich Hannah nicht erinnern.

Sie wollte es eben zurück ins Regal bringen, als sie auf dem Boden unter dem Tisch einen Zettel entdeckte. Sie hob ihn auf und konnte nicht anders, als ihn zu lesen.

Wie lustig, es ging um Ostfriesentee! Die Spezialität ihrer Heimat. Sie zögerte kurz, aber da konnte sie einfach nicht widerstehen. Hannah lächelte, nahm ein Blatt aus dem Weihnachtsbriefpapierblock, auf dem Rentiere abgebildet waren, und schrieb:

Mit dem Tee könnte ich Ihnen weiterhelfen.

Dann steckte sie beide Blätter in den passenden Umschlag. *Für den Verlierer der Zeilen* adressierte sie ihn und überlegte, wohin sie das Kuvert legen sollte.

In diesem Moment klingelte ihr Handy auf dem Tresen. Hastig steckte Hannah den Brief ins Buch und platzierte beides auf der Ablage unter dem Tisch.

1

Als der letzte Kunde gegangen war, verschloss Hannah die Ladentür. Nun noch aufräumen, dann war Feierabend. Zwar waren die Verkaufsräume klein, aber sie hatte alle individuell dekoriert und es war wichtig, dass es jeden Morgen frisch und sauber aussah.
Sie liebte ihr Buch-Café. Jeder Raum hatte einen anderen Geruch und ein besonderes Flair. Am liebsten mochte sie die kleine Buchabteilung, in der sie viele Klassiker anbot. Dort schloss sich der Bereich mit den Woll- und Strickwaren an.
Durch eine weitere, offene Tür des Cafés erreichte man das Teezimmer und dahinter befanden sich die Kaffeespezialitäten. Beides hübsch getrennt, damit sich die Aromen nicht vermischten.
Hannah beschloss, beim Saubermachen im Café zu beginnen. Sie hatte jetzt zur Weihnachtszeit einen mit Strohsternen geschmückten, mannshohen Tannenbaum aufgestellt. Im Verkaufstresen lockten verschiedene Kekssorten und täglich zwei Kuchen. Natürlich buk Hannah alles selbst.
Sie reinigte die Kaffeemaschine, räumte das Gebäck aus und wienerte die Glasscheibe des Tresens und die Ablage, bis auch der letzte Krümel beseitigt war.
Danach wollte sie die Stühle hochstellen, um zu fegen, als ihr auffiel, dass in der Ablage unter dem einen Tisch ein vergessenes dickes Buch lag. Sie nahm es auf und las den Titel: *Drei Nüsse für Aschenbrödel.*
Hannah konnte sich nicht erinnern, dass jemand das Buch in der Hand gehabt hatte. Vielleicht die Frau mit dem Früchtetee? Nein, die hatte sich doch für einen Weihnachtskrimiband entschieden.

Mit dem Tee könnte ich
Ihnen weiterhelfen.

TEE
2

Die Cafébesitzerin mit dem grün-weiß gestreiften Tuch im Haar sah ihn misstrauisch an, als er bestellte, sagte jedoch nichts. Vielleicht wäre es interessant, sie zu interviewen. Was hatte sie ausgerechnet nach Fohrenbach geführt? Sie kam nicht von hier, das hörte er an der Aussprache. Aber nicht heute.
Jonas setzte sich und sah sich um. Wirklich ansprechend hier. Weihnachtlicher Duft. Strohsterne am Tannenbaum. Gemütlich.
„Tschuldigung, kann ich das Buch da haben?“, fragte die Dame mit dem Federhut und deutete unter seinen Tisch.
Überrascht entdeckte Jonas eine Ablage mit einem dicken Schmöker, aus dem etwas Weißes herausragte.
„Gerne.“ Er reichte es der Frau, die sich bedankte und ein Kuvert herauszog.
„Das ist nicht für mich“, sagte sie nach einem kurzen Blick und gab ihm den Umschlag. Dann schlug sie das Buch auf und begann, ihrem Hund vorzulesen.
Jonas starrte auf die Anschrift: *Für den Verlierer der Zeilen.* War das etwa …? Tatsächlich – im Umschlag steckte sein Brief an Tante Helga. Er musste ihn bei seinem plötzlichen Aufbruch hier verloren haben. Das erklärte aber noch nicht, wie er dort hineingekommen war. Und wer geantwortet hatte: *Mit dem Tee könnte ich Ihnen weiterhelfen.*
Spontan kritzelte er auf seinen Notizblock: *Könnten Sie oder würden Sie? Was muss ich dafür tun?*
Er riss das Blatt ab, faltete es und steckte es in den nun leeren Umschlag. Die Anrede strich er durch und schrieb stattdessen: *Für die Teekennerin/den Teekenner.*
Dann legte er das Kuvert zurück unter seinen Tisch.

BÜCHER
&
CAFÉ
&
MEHR
Fairy tales

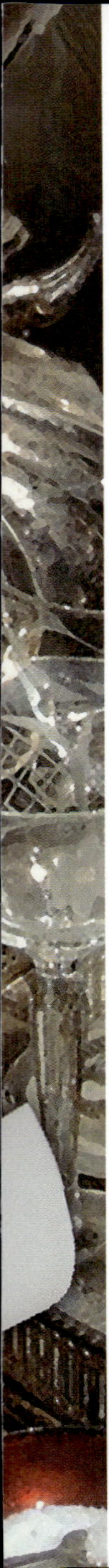

2

Zum Glück hatte sich sein Vater gestern nicht allzu schwer verletzt, wenn ihn auch die Rippenprellung ein paar Tage außer Gefecht setzen würde. In der Redaktion war es für Jonas durch den Unfall mit dem Tanklaster ebenfalls recht hoch hergegangen, doch heute hatte er am Nachmittag Luft. Das gab ihm die Gelegenheit, noch einmal ins Café zu gehen und dieses Mal den Kaffee auszutrinken. Die Besitzerin musste ja wer weiß was von ihm denken, aber immerhin hatte er bezahlt.

Ja, eine schöne Tasse Kaffee und dabei den Brief an Tante Helga fertigschreiben. Vielleicht würde auch noch ein neuer Tipp des *Unternehmensberaters* rausspringen. Jonas' erster Eindruck des Cafés war überraschend gut gewesen.

Er griff in die Aktentasche, um heute nur seinen Notizblock, den angefangenen Brief und einen Kuli mitzunehmen. Doch obwohl er die Papiere dreimal durchsah, blieben die Zeilen an Tante Helga verschwunden.

Jonas fluchte, dann atmete er einmal tief durch. Er hatte sich vorgenommen, in der Adventszeit alles etwas ruhiger anzugehen und sich nicht über jede Kleinigkeit aufzuregen! Deshalb wollte er auch nicht in die Redaktion fahren, um den Brief dort zu suchen. Es war schließlich kein Problem, die beiden Absätze noch einmal zu schreiben.

Das Café war heute deutlich voller und er musste ein wenig warten, bis die Dame mit dem Federhut sich entschieden hatte, welchen Kuchen sie wollte. Letztlich bestellte sie beide Sorten und marschierte auf seinen Tisch zu, dicht gefolgt von einem Pekinesen mit einer roten Schleife am Halsband.

Natürlich war es nicht wirklich sein Tisch, nur weil er einmal dort gesessen hatte, doch er lächelte zufrieden, als Dame und Hund das Tischchen daneben wählten.

BÜCHER
&
CAFÉ
&
MEHR
3

An den Wänden hingen überdimensionale Bilder von Kaffeebohnen, die ungeröstet wie rote Beeren aussahen. In den Ecken hatte sie Kaffeesäcke gestapelt, und jetzt zur Weihnachtszeit schwebten kleine Holzengel mit winzigen Tässchen in den Händen durch den Raum.
Es dauerte, ehe der Mann sich entschieden hatte. Und im Anschluss entschloss er sich dann, doch noch einen Becher Früchtetee zu trinken und den Pfefferkuchen zu kosten.
Als sie zurückkamen, war der Nerd verschwunden und hatte wieder nur Geld auf den Tisch gelegt. Der Anzugmann steuerte auf den frei gewordenen Platz zu. „Eben abräumen, nicht wahr?“, befahl er.
Hannah beeilte sich und stellte ihm den Tee hin. Er sah gar nicht auf, weil er was auf einen Zettel kritzelte.
Hannah war froh, als sich das Café leerte und sie endlich nachsehen konnte, ob es eine Antwort gab. Doch im Buch war nichts zu finden. Enttäuscht spitzte sie die Lippen.
„Dann ist es nicht die Pekinesenfrau“, sagte sie. Aber die hätte sich wohl auch kaum für Ostfriesentee interessiert. Sie trank Kaffee extrastark.
In diesem Augenblick fiel Hannah der Umschlag unterm Nebentisch auf. „O nein“, stöhnte sie. „Nicht der Anzugmotzer!“
Sie griff nach dem Kuvert und las die Zeilen. „Den kann wirklich jeder meiner Gäste dahin gelegt haben“, beruhigte sie sich. „Wir spielen also weiter. Ich finde dich.“
Hannah schrieb: *Wir müssen uns beim Ostfriesentee treffen. Da suche ich dann als nächstes.*
Sie nahm den Brief und legte ihn zurück unter den Tisch.

3

Heute gab es etwas mehr zu tun. Vielleicht lag das am schwedischen Pfefferkuchen, den Hannah nach einem Originalrezept ihrer Tante Matilde aus Malmö gebacken hatte. Er war draußen als weihnachtliches Gebäck auf der Schiefertafel beworben.

Hannah schaute zu dem Tisch, wo noch immer diese Pekinesendame saß und ihrem Hund aus *Drei Nüsse für Aschenbrödel* vorlas. Das Tier lauschte mit hocherhobenem Kopf, als wäre dies das Normalste der Welt.

Hannah wusste nicht, ob die Frau den Brief schon gefunden hatte, zumindest linste nichts Weißes mehr aus dem Buch hervor. Auch unter dem Tisch erspähte sie ihn nicht.

Am Nachbartisch hockte wieder der Hektiker von gestern. Er ruckelte ständig an seiner Brille herum und kritzelte etwas auf einen Block. Er sah aus wie ein Nerd. Hannah mochte diesen Typ Mann nicht, er tat überdies zu wichtig.

Die Türglocke ging und der nörgelnde Anzugträger von gestern stürzte rein. Er schüttelte seinen regennassen Schirm direkt im Café aus und schaute sich suchend um.

„Kann ich Ihnen helfen?", fragte Hannah.

„Ja, ich will Kaffee. Aber hübsch verpackt als Geschenk."

Er will also, dachte Hannah schmunzelnd. Mit den Leuten hier musste sie wirklich erst einmal warm werden.

„Dann kommen Sie doch *gerne* mit ins Kaffeezimmer, damit ich Ihnen etwas empfehlen kann."

Sie ging voraus. Diesen Verkaufsraum mochte Hannah ganz besonders, nicht nur, weil er so einzigartig duftete. Die Metalldosen mit dem Kaffee standen ordentlich aufgereiht und beschriftet im Regal.

Dégustation·CAFÉ·Restaurant
Le Café familiale
·Entrée·
CAFÉ
VILLE DE SAINT DENI
Notes
Adventures in the New World
Notes

A. Scott
4
Traum
Choice

gung schloss die Frau die ganze Umgebung ein. „Und probieren Sie den Pfefferkuchen!"
„Gerne. Darf ich?" Jonas zog den Brief unter dem Tisch hervor und lächelte. „Dann noch einen schönen Nachmittag."
Er schlenderte in den Nachbarraum zu den Bücherregalen und entdeckte erfreut, dass es hier Schmuckausgaben von Klassikern zu kaufen gab. Die Weihnachtsgeschichte von Dickens – darüber würde sich seine Mutter sicher freuen.
Schaute jemand gerade zu ihm? Nein. Voller Neugier öffnete er den Umschlag.
... beim Ostfriesentee treffen – wie war das zu verstehen? Er konnte schlecht den Nachmittag hier verbringen und Ostfriesentee trinken, immerhin hatte er auch noch anderes zu tun. Oder war der Raum mit den Teesorten da hinten gemeint? Aber würde es nicht blöd aussehen, wenn er dort ewig rumstand? Und was sollte das überhaupt? Bekam er nun eine Antwort oder nicht? Jonas war nicht bereit, sich lächerlich zu machen. Wie gut, dass er die Karte mitgenommen hatte.
Er zückte seinen Kuli und schrieb:
Ich bin ja eher für Kaffee, daher auch meine Unkenntnis. Wenn das Teezeremoniell aber ein Geheimnis bleiben soll, ist das für mich okay, obwohl ich denke, das Internet weiß ohnehin alles ;-). Auf jeden Fall wünsche ich eine frohe Adventszeit ohne Hektik, stattdessen mit vielen Leckereien.
Herzliche Grüße von einem Gebrannte-Mandeln-Fan
Jonas steckte die Karte in ihren Umschlag. Im Tee-Zimmer wurde er fündig – dort stand in einem der Regale eine große Dose mit der Aufschrift *Ostfriesentee*, auf der er den Umschlag platzierte. Dann sah er sich weiter in den verschiedenen Räumen des Cafés um und formulierte in Gedanken bereits seinen Artikel.

4

Dieses Mal würde Jonas etwas länger in dem Café bleiben. Vielleicht war die originelle Frau mit dem Hund von gestern wieder da – die beiden zu beobachten hatte ihm großen Spaß gemacht. Auch die anderen Gäste schienen herrlich entspannt, nur der Huber, dieser Angeber, war ziemlich unhöflich reingestürmt zu seinem Kaffeekauf. Er selbst hätte ihn rausgeschmissen, wenn er was zu sagen hätte. Und dann hatte der die arme Inhaberin noch ewig aufgehalten, so dass Jonas schon wieder nicht richtig bei ihr zahlen konnte.

Natürlich war der Hauptgrund, heute ins Café zu gehen, der Brief. Ob er eine Antwort bekommen hatte? Die Federhütchen-Dame war länger geblieben als er – sie hatte also Gelegenheit gehabt zu reagieren. Sie musste die Schreiberin sein, so wie sie ihm zum Abschied zugeblinzelt hatte. Ob es sich in dem Fall zu antworten lohnte? Aber die Neugierde auf die Schreiberin siegte, und kurz darauf fand er sogar die Weihnachtspostkarten vom letzten Jahr in der Schublade. Er wählte eine mit einem Mops unter einem festlich geschmückten Tannenbaum und steckte sie ein.

Kam es ihm nur so vor oder wurde das Café von Tag zu Tag voller? Dann wurde es allerhöchste Zeit, dass er als *Unternehmensberater* darüber berichtete. Nicht dass man ihm irgendwann vorwarf, einen Trend verpasst zu haben!

Am Verkaufstresen standen mehrere Leute und leider war seine Ecke besetzt. Jonas bückte sich möglichst unauffällig, um unter den Tisch zu schauen. Ja, da lag etwas Weißes.

„Entschuldigung“, grüßte er das Paar, das dort saß, „ich hab vorhin hier was vergessen.“

„Ach, sind Sie nicht der Herr Buchholz von der Zeitung? Schön, dass Sie mal über das hier schreiben!“ Mit einer ausladenden Handbewe-

Weihnachten
Happy Christmas
4744

einer guten Tasse Tee schmecken Mandeln wie ein Geschenk. Gern können wir ein paar Mandeln naschen, um dem Teegeheimnis auf die Spur zu kommen – und später bleibt sicher auch noch Zeit für das Thema Kaffee. Aber das ist eine andere Geschichte.
Herzlich, die Teegenießerin.
Hannah war unsicher, ob der Brief ein bisschen zu forsch war, doch sie brannte inzwischen vor Neugierde, wie es mit ihnen beiden weiterging. Den Umschlag versteckte sie neben der Teedose. In Windeseile putzte Hannah die Geschäftsräume und das Café, dekorierte die Kekse und schloss pünktlich auf.
Sofort stürzte die Pekinesendame hinein und sagte: „Ich muss mich, glaube ich, mal vorstellen. Ich bin die Marilla und das ist der Herbert." Sie deutete zu dem Hund. „Ich hab gehört, der Laden hier brummt nicht so. Dazu hab ich gleich zwei Vorschläge. Erstens: Der Mann mit der Brille von gestern ist der Jonas, den kennt hier jeder als den rasenden Reporter. Der kann mal was in seinem Käseblatt oder diesem Blog schreiben."
Hannah durchfuhr es heiß. Sie verspürte nur wenig Lust, diesen unsympathischen Kerl anzusprechen. „Und zweitens?", hakte sie nach.
„Zweitens brauchen Sie Hundekekse, damit Herbert sich wohlfühlt." Sie reichte Hannah einen Zettel mit einem handgeschriebenen Rezept.
„Hunde sind die Zukunft dieses Cafés, das sag ich Ihnen, junge Frau!"
Hannah lächelte verunglückt und bedankte sich höflich. Der Tag fing ja wirklich gut an, dachte sie mit einem leichten Seufzen.

5

Gestern Abend war sie zu müde gewesen, um nachzuschauen, ob es einen weiteren Brief gab. Von plötzlichen Kopfschmerzen übermannt, hatte Hannah das Café geschlossen, als der letzte Gast gegangen war.

Deshalb wollte sie heute etwas früher hinuntergehen. Als jetzt der Wecker klingelte, hätte sie ihn am liebsten an die Wand geschmettert. Aber es half nichts. Sie musste noch Adventsschnitten backen, weil sie die für heute als Weihnachtsspezialität angekündigt hatte. Und es führte kein Weg daran vorbei, das Café und die Ladenräume zu reinigen, bevor sie gegen elf Uhr öffnete. Wie gut, dass ihre Wohnung gleich über dem Café lag und sie keinen längeren Weg hatte. Hannah schüttelte sich – der Schmerz war weg.

Zwei Stunden später stand sie mit den gebackenen Küchlein vor ihrem Verkaufstresen und war wieder einmal glücklich, dass sie und die Räume sich gefunden hatten. „Ein bisschen wie Liebe auf den ersten Blick“, flüsterte sie.

Natürlich war sie neugierig und schaute sofort in der Teeabteilung nach einer Antwort. Und tatsächlich: Da lag ein Umschlag! Als Hannah die Zeilen las, schüttelte sie den Kopf. Von wegen Internet!

Noch bevor sie weiterputzte, lief sie zum Tresen, holte das grüne Weihnachtsbriefpapier mit den goldenen Sternen hervor und schrieb:

Lieber Mandelfreund oder Mandelfreundin!

Internet ist gut, die Praxis ist besser. Es gibt bei der Teezubereitung so viel zu beachten, das kann das Internet in der Bandbreite nicht leisten. Dem Tee eine besondere Note zu verleihen ist eine hohe Kunst. Fast wie ein Gemälde oder ein besonders schönes Gedicht. Und zu

J. Schweitzer Verlag
München
Erzählungen
Und die Moral
von der
Geschicht

Grimms Märchensammlung
3 Nüsse für Aschenbrödel
6

letzte Botschaft ein wenig barsch im Ton gewesen war? Möglicherweise bekam er nun gar keine Antwort mehr. Aber egal. Er wollte ohnehin mal mit dieser Cafébesitzerin sprechen. Der konnte er notfalls den Stiefel auch schenken, als Willkommensgruß hier im Tal. Drüben im Supermarkt hatten sie sicher ein paar kleine, feine, schokoladige Dinge, die hineinpassten.

Schließlich schlenderte er durch das Café. Die Frau mit dem Pekinesen – heute ohne Federhut – nickte ihm beim Eintreten freundlich zu, aber er ging sofort in die Teeabteilung und fand neben der Dose einen Brief. Jonas ertappte sich dabei, dass er erleichtert ausatmete, als er ihn auseinanderfaltete.

Mandeln naschen? Teegeheimnis? Teegenießerin? Also doch eine Frau. Die mit dem Hund? Oder war er der Briefeschreiberin noch gar nicht begegnet, weil sie früher oder später hier war als er? Am Samstag würde er sich mal einen Tag Zeit nehmen und sich mit dem Laptop ins Café setzen, dann konnte er besser beobachten, wer hier ein- und ausging. Er war ohnehin die ganze Woche noch nicht an sein Romanmanuskript gekommen.

Was aber sollte Jonas nun mit dem Stiefel tun? Zwischen die Teedosen passte der nicht.

Kurzentschlossen nahm er den Zettel mit der Aufschrift *Liebe Grüße vom Nikolaus* und schrieb dazu:

Tee und Mandeln klingen gut. Und wie wär's mit Schokolade?
Ich mag sie und habe sie zu den drei Haselnüssen gesellt.

Jonas grinste und nach kurzem Umsehen, ob die Luft rein war, stellte er den Stiefel mit den Süßigkeiten in das Bücherregal neben die Schmuckausgabe von *Drei Haselnüsse für Aschenbrödel.*

6

Als er aus der Wohnungstür trat, stieß er mit dem Fuß einen kleinen roten Plastikstiefel um. Bunte Schokoladenkugeln kullerten durch den Hausflur. Hastig bückte Jonas sich, um die Süßigkeiten aufzusammeln, bevor sie die Treppe hinunterrollten.
Von wem mochte die Nikolausüberraschung wohl sein? Vielleicht gab der zusammengerollte Zettel Auskunft, der aus dem umgekippten Stiefel ragte: *Liebe Grüße vom Nikolaus.* Das war wenig hilfreich.
Ob das von der neuen Nachbarin aus dem 4. Stock war? Die sah ganz sympathisch aus und hübsch war sie auch. Oder von der alten Frau Sandemann unten? Das war wahrscheinlicher.
Egal von wem, es war eine äußerst nette Geste. Und – so stellte er beim Probieren einer Schokokugel fest – lecker waren die Dinger! Er steckte den Stiefel kurzerhand in die Manteltasche und machte sich auf den Weg in die Redaktion.
Im Laufe des Vormittags naschte er, während er zwei längere Artikel über die Weihnachtsmärkte im Schwarzwald und ein 100-jähriges Firmenjubiläum schrieb, tatsächlich alle Kugeln auf. Zurück blieb ein leerer roter Plastikstiefel. Schon wollte er das Ding in den Abfalleimer werfen, als ihm ein Gedanke kam: Es wäre doch schön, die Freude, die er beim Finden des süß gefüllten Stiefels empfunden hatte, weiterzugeben. Aber an wen?
Seine Kollegin Rosi probierte gerade eine Adventsdiät aus, bei der sie an allem schnuppern, allerdings so gut wie nichts essen durfte. Sie fiel also weg.
Wer kam sonst noch in Frage?
Die oder der Unbekannte in dem neuen Café? Was, wenn die

DAZ
A-Z
La Patura

PATISSERIE - CONFISERIE
Maison Clément
7
CACAO-PAYRAUD

Doch die ließ sich nicht beirren. Hannah hörte nur mit halbem Ohr zu, als sie ihr aufzählte, wie wunderbar ihre Kekse Herberts Gebiss reinigten und wie fein sie sich neben den Zimtsternen in der Auslage machen würden.

„Ich denke drüber nach“, sagte Hannah. „Aber ich muss dann …“ Doch kaum hatte sie einen Schritt in Richtung Buchabteilung gemacht, kam schon wieder eine Frau ins Café, kaufte eine Packung Früchtetee und ging wieder. Aus dem Augenwinkel beobachtete sie, wie Marilla in der Buchabteilung stöberte, während Herbert die Kekse mit lautem Knacken vertilgte.

„Gucken Sie mal, was ich neben *Drei Nüsse für Aschenbrödel* gefunden habe!“ Marilla wedelte mit einem Umschlag vor Hannahs Nase herum. Hinter ihrem Rücken zog sie dann noch einen gefüllten Nikolausstiefel hervor. „Die Leute lassen wirklich alles herumliegen!“ Sie legte beides auf die Theke, zahlte und verließ mit Herbert das Café.

Hannah war froh, jetzt allein zu sein, und las zuerst die Zeilen, bevor sie in den Stiefel schaute.

Sie lächelte selig, nahm einen Stift und schrieb:

Lieber Nikolaus,

ich gehe dann mal davon aus, dass Sie, der Schreiber, ein Mann sind. Danke für die Überraschung. Ich mag so etwas sehr. Aber ich finde, zu all den Sachen gehören Weihnachtslieder! So langsam macht es Spaß.

Liebe Grüße von der Buchfee

Sie versteckte den Umschlag neben dem Weihnachtsliederbuch. Er würde bestimmt danach suchen. Dann nahm sie etwas Schokolade aus dem Stiefel und schwor sich, jetzt besonders gut aufzupassen, wer ihr schrieb.

7

Heute war bislang wenig los gewesen, aber die Kundinnen und Kunden waren so anstrengend, dass Hannah trotzdem kaum zum Verschnaufen gekommen war. Ihre angebotenen Pfefferkuchen in Stiefelform hatten die Gäste im Café offenbar an Pippi Langstrumpf erinnert – sie war oft genug darauf angesprochen worden –, und jetzt war diese Köstlichkeit sogar ausverkauft. Obwohl es erst kurz nach drei war. Hannah entfernte das Schild draußen und rückte die Zimtsterne in der Auslage zurecht. Aus der Truhe holte sie noch einen Apfelstreuselkuchen und buk ihn auf. Sofort zog der süßliche Duft durchs Café und er waberte wohl auch auf die Straße, denn Marilla steckte kurz darauf den Kopf zur Tür hinein.

„O wei, das duftet so lecker. Herbert und ich wollten heute eigentlich kein bisschen naschen, weil ja unser Figurtag ist. Sehen Sie, Hannah, der hat dort eine kleine Speckrolle." Marilla deutete auf den Bauch ihres Hundes, die eigene Fülle ignorierend. „Aber der Kuchen duftet so unglaublich, den muss ich jetzt probieren. Aber bitte mit Sahne."

Sie ließ sich ächzend an einem der Tische fallen und wühlte in der überdimensionalen bestickten Tasche, die Hannah an die Wundertasche von Mary Poppins erinnerte. „Ich hab da was für Sie dabei." Und tatsächlich zauberte Marilla sogleich eine kleine Papiertüte heraus. Sie zwinkerte Hannah verschwörerisch zu. „So sehen sie aus, die feinen Kekse! Sie brauchen sie nur nachzubacken."

Hannah lächelte, obwohl sie wie auf heißen Kohlen stand. Gestern Abend hatte sie beim Tee keinen Brief gefunden und wollte gerade eigentlich noch ein bisschen suchen, ob er vielleicht woanders versteckt war. Deshalb fehlte ihr jetzt wirklich die Lust, mit Marilla über die Vorzüge von Hundegebäck zu plaudern.

Au Vieil Acacia
Ateliers
Fabrique
21, Rue de l'Arc de Triomphe
Au Vieil Acacia
Ateliers
Fabrique
21, Rue de l'Arc de Triomphe
Ateliers
Fabrique
21, Rue de l'Arc de Triomphe
Debbie Bliss
Mia

Au Vieil Acacia
Ateliers
Fabrique
21, Rue de l'Arc de Triomphe
8

an. Dann zog er sein Handy aus der Tasche und diktierte ein paar beschreibende Sätze hinein.
Die Besitzerin des Cafés warf ihm einen nicht allzu freundlichen Blick zu.
Schnell drehte er sich um und ging noch einmal in den Raum mit den Büchern, um sie nicht zu provozieren. Und da sah er ihn: Der Brief steckte genau auf Augenhöhe zwischen zwei Büchern mit Weihnachtsliedern, nur ein kleines Stück guckte hervor.
War es nicht lächerlich, wie sehr er sich freute, als er ihn öffnete und die wenigen Zeilen las? Buchfee. Die Hinweise verdichteten sich – es war eine Frau. Und sie liebte Weihnachtslieder.
War sie gar eine Kollegin aus dem Kirchenchor? Er würde morgen bei der Probe einmal das Café erwähnen und schauen, wer zugab, hier Gast zu sein.
Doch nun schnell eine Antwort, bevor er die Besitzerin interviewte. Zufällig hatte er einen kleinen Block mit Sternmotiven dabei.
Liebe Buchfee,
selbstverständlich gehören Weihnachtslieder unbedingt zur Adventszeit. Aber da es nun langsam kalt wird, sollte man auch immer für warme Füße sorgen.
Herzliche Grüße, dein Nikolaus
Dieses Mal schrieb er einen zweiten Zettel: *Was gehört noch zum winterlichen Fest?*, und steckte ihn zwischen die Weihnachtsliederbücher. So musste die Buchfee zwar suchen und etwas nachdenken, aber dann würde sie den eigentlichen Brief im Korb mit den selbstgestrickten Wollsocken sicher entdecken. Zufrieden ging Jonas zur Theke und bestellte einen Cappuccino. Er setzte ein charmantes Lächeln auf.
„Und dann hätte ich noch ein paar Fragen."

8

Jonas war drei Tage lang nicht im Buch-Café gewesen, weil in der Redaktion unglaublich viel zu tun war. Heute musste er aber endlich einmal seine Pflicht tun und in seinem *Unternehmensberater*-Blog über das neue Café informieren. Zugegeben, selten hatte er sich auf eine Recherche so gefreut wie auf diese. Auch wenn er die Besitzerin ein wenig nordisch-spröde fand – die Atmosphäre in ihrem Café war angenehm entspannend. Und vom Backen schien sie wirklich etwas zu verstehen. Denn als er am Nachmittag das Café betrat, duftete es nach Apfel und Zimt und warmen Winternachmittagen bei seiner Großmutter.

Mit geübtem Blick sah Jonas sich um. Etwa die Hälfte der Tische war besetzt; mal sehen, wie es nach seinem Artikel aussehen würde. Dieses Mal setzte er sich nicht sofort, sondern streifte durch die verschiedenen weihnachtlich geschmückten Räume, studierte die große Kaffeeauswahl und besah sich die netten kleinen Handarbeiten. Zufrieden bemerkte er, dass seine Nachricht neben der Teedose verschwunden war. Also …

Halt! Die Erinnerung durchfuhr ihn wie ein Blitz. Damit der Stiefel leicht gefunden wurde, hatte er den Brief eigentlich hier hinlegen wollen, aber dann – Mist! – hatte er ihn neben den Stiefel gestellt. Wie sollte die geheimnisvolle Schreiberin den Stiefel so finden?

Hastig betrat Jonas die Buchabteilung und warf einen Blick in das entsprechende Regal. Nichts.

Er atmete auf – der Stiefel war weg, alles gut. Allerdings gab es keine Antwort.

Nun, das war egal, schließlich war er aus beruflichen Gründen hier und nicht, um mit Unbekannten zu korrespondieren, belog er sich. Noch einmal machte er die Runde und sah sich alles ganz genau

BOOKS Bücher Café WOLLE &mehr
& CAFÉ & MEHR
BÜCHER & CAFÉ & MEHR

BOOKS • Bücher • Café • WOLLE • &mehr •
& CAFÉ & MEHR
9
BÜCHER & CAFÉ & MEHR

Sie wartete, bis er den Laden verlassen hatte, und machte das Paket auf. Oje, an die Alpakawolle hatte sie gar nicht mehr gedacht. Eigentlich war ihr Lager voll, aber die Wolle war doch so schön gewesen …

Hannah wuchtete die Kiste durch die Buchabteilung ins Handarbeitszimmer. Als sie an den Büchern vorbeikam, stutzte sie. Neben dem Weihnachtsliederbuch klemmte tatsächlich ein Zettel. Sie las ihn und lachte auf.

Der nächste Brief konnte sich eigentlich nur in der Handarbeitsabteilung befinden. Bei einem solchen Schietwedder brauchte man Handschuhe, Mützen, Schals und Socken.

Und richtig. Zwischen letzteren steckte ein Zettel mit kleinen Sternen. Ihr Schreiber hatte also Fragen.

Hannah kümmerte sich jetzt nicht mehr um die Wolllieferung, sondern holte Briefpaper, heute eins mit Weihnachtsmännern, und schrieb.

Lieber Nikolaus,

da ich ständig kalte Füße habe, bin ich schnell fündig geworden. Du hast also Fragen? Ich auch. Was machst du, wenn du keine Briefe versteckst? Ich verrate dir nur: Ich liebe Kaffee. Stark geröstet und mit Nussaroma. Und ich liebe Weihnachten, weil ich gern Geschenke auspacke.

Deine Buchfee

Hannah kaute am Stift. Sie würde es machen wie er. Einen Hinweis in die Socken legen und die Nachricht in den Mützen verstecken. *Für den nächsten Brief brauchst du einen warmen Kopf.*

Dann legte sie ihre Zeilen unter eine Beanie, auf der ein Nikolaus prangte.

Jetzt wurde es Zeit, die Wolle einzuräumen.

9

Hannah seufzte. Es war ein so unbefriedigender Tag gewesen, der exakt zu dem scheußlichen Wetter draußen passte.
Es regnete Bindfäden und bis auf den merkwürdigen Reporter hatte kaum jemand den Weg ins Buch-Café gefunden. Nur die Hälfte der Tische war besetzt gewesen.
Marilla hatte lediglich einen kurzen Blick in die Auslage geworfen und entrüstet festgestellt, dass es dort noch immer keine Hundekekse mit Thunfisch gab. So war sie gleich nach ihrem Sanddorntee – einer Mischung, die Hannah extra aus Ostfriesland kommen ließ – mit knappem Gruß wieder aus der Tür gerauscht. Die anderen Gäste waren ihr unbekannt gewesen. Bis auf einen stillen älteren Herrn, der sich schon öfter hierher verirrt hatte, aber kaum ein Wort mit ihr wechselte. Ihren Kuchen war sie heute jedenfalls nicht losgeworden. Jetzt ging Hannah die Abrechnungen durch. Es sah wirklich nicht gut aus. Sollte sie den Reporter vielleicht doch selbst noch einmal ansprechen? Vorhin waren sie von einem älteren Ehepaar, das eine sehr ausufernde Beratung wollte, abgelenkt worden, so dass sich kein längeres Gespräch ergeben hatte.
„Heute habe ich nicht einmal Lust, nachzusehen, ob ich endlich Antwort bekommen habe“, flüsterte sie. „Die Leute hier mögen mich nicht. Und auch nicht mein Konzept …“ Allein vom Verkauf des Kaffees konnte sie leider nicht leben. Sie benötigte auch Kunden, die weitere Dinge einkauften. Bücher. Socken. Wolle.
Es klingelte. Ein Paketbote stolperte klitschnass ins Café und verursachte eine Pfütze.
„Sorry“, sagte er mit einem Schulterzucken. „Aber hier ist noch eine Lieferung!“
Er hielt Hannah das Gerät hin, damit sie unterschreiben konnte.

Kurztipp ihres Unternehmenberaters

Jonas grinste. Das war doch die Idee! Er würde diese äthiopische Mischung ausprobieren, die Hannah Gerdes anbot, und sich mit seinem Laptop in ihr Café setzen. Vielleicht ergab sich dieses Mal auch ein Interview.

Außerdem musste er natürlich schauen, ob die Buchfee geantwortet hatte.

Sie hatte. Der Brief war nicht schwer zu finden. Jonas lächelte. Sie liebte also das Geschenkeauspacken? Das konnte sie haben, er würde sich etwas überlegen.

Schnell vergewisserte er sich, dass niemand ihm zusah, als er die Antwort schrieb:

Liebe Buchfee,

wer liebt keine Geschenke und Überraschungen! Und deinen Kaffeegeschmack teile ich. Was magst du noch? Kerzenlicht? Ich habe in der dunklen Jahreszeit immer eine dicke, rote Kerze auf meinem Frühstückstisch, so starte ich ruhig in den oft hektischen Tag.

Dein Nikolaus

Nun noch schnell eine Notiz mit einem Rätsel. *Lieblingskaffee.* Das sollte reichen. Sie würde den Brief auf der Dose eines Kaffees mit der Beschreibung *stark geröstet, Nussaroma* sicher finden.

Zufrieden schlenderte Jonas zurück ins Café. Heute war es ziemlich leer hier, noch war sein Blog-Artikel zu neu.

Er bestellte Kaffee, dazu einen sehr appetitlichen Apfel-Zimt-Kuchen mit Sahne und lächelte Hannah Gerdes an, bereit, mit ihr ins Gespräch zu kommen. Doch sie reagierte nicht auf seinen Smalltalk.

Dann würde er eben schreiben. Er setzte sich an das Tischchen in der Ecke und packte den Laptop aus.

10

Jonas starrte auf den Bildschirm seines Laptops. Zu dumm, dass er bei seinem Versuch, die Inhaberin zu interviewen, schon nach seiner ersten Frage von Kundschaft unterbrochen worden war. Und die letzten drei Tage war er vor lauter Stress schon wieder nicht im Café gewesen. Immerhin wusste er nun, dass sie Hannah Gerdes hieß und aus Jever stammte. Jefer, wie sie es aussprach. Nun, sie musste es wissen, wenn sie von dort kam. Natürlich ging ihre Arbeit vor, schließlich lebte sie davon, doch das ältere Ehepaar hatte sich für seinen Geschmack etwas zu ausführlich zum Thema Weihnachtsgeschenke beraten lassen. Letztlich hatten die beiden dann nicht einmal was gekauft! Glücklich hatte Hannah Gerdes nicht ausgesehen.

Vielleicht konnte er ihr ein wenig helfen.

Kurztipp Ihres Unternehmensberaters, schrieb er. *Das neue Café in der Hauptstraße entpuppt sich als Schatzkästchen für alle, die Kaffee, Tee, Bücher und Selbstgemachtes lieben. Die norddeutsche Besitzerin hat einen Ort geschaffen, der gerade jetzt in der Adventszeit entspannende Stunden verspricht …*

Jonas fügte noch ein paar ansprechende Beschreibungen hinzu und stellte den Artikel auf seinen Blog. Wirklich zufrieden war er nicht, es fehlte der persönliche Anstrich, den er seinen Tipps sonst gab. Aber dafür musste er mehr über Hannah Gerdes wissen. Wie war sie überhaupt auf die Idee gekommen, im Schwarzwald ein derartiges Café zu eröffnen?

Er sah auf die Uhr. Kurz vor zwei. Sein Pflichtprogramm war erfüllt, der Artikel für eine überregionale Zeitung abgegeben, der Blog aktualisiert. Also hatte er endlich wieder Zeit für seinen Roman. Dazu einen schönen, starken Kaffee …

ihnachten
us,
Kerzenfan, nicht nur
iten. Und ich mag Karussells.
Best Christmas Wishes
Christmas
New Year
8

Blog interviewen. Das wäre doch eine tolle Werbung." Er stand auf und verstaute den Laptop in der Tasche. „Ich komme besser wieder, wenn Sie sich abgeregt haben. Morgen soll es schneien. Das beruhigt bekanntlich die Gemüter."

Hannah sah ihm mit weit geöffneten Mund nach. Da hatte sie wohl richtig Mist gebaut. Der Typ wollte ihr helfen und sie stieß ihn vor den Kopf!

Frustriert räumte Hannah am Abend auf und fand einen Zettel zwischen den Socken. Damit hatte sie nicht gerechnet, so wenig wie heute los gewesen war. Bei ihrem Lieblingskaffee handelte es sich um eine kräftige Röstung, also schaute sie dort zuerst nach. Als sie den Brief tatsächlich fand, schlug ihr Herz schneller. Und bei den Zeilen musste sie lächeln. Der Schreiber war ein Romantiker. Welchen von ihren Gästen konnte sie sich beim Frühstück mit einer Kerze vorstellen? Keinen.

Hannah überlegte kurz, nahm einen neuen Bogen Briefpapier – heute mit Engeln – und schrieb:

Lieber Nikolaus,

auch ich bin Kerzenfan, nicht nur zu Weihnachten. Und ich mag Karussells. Schön, dass hier ab morgen ein Weihnachtsmarkt aufgebaut wird. Und ich liebe Schnee zu Weihnachten, weil ich es mag, wenn er leise fällt und das Leben weiß anmalt. Die Buchfee

Kurzerhand legte sie neben die Kaffeedose einen Zettel mit der Aufschrift: *Das Leben dreht sich mit weißen Pferden.* Dann versteckte sie den Brief unter dem kleinen Karussell, das sich als Deko in der Buchabteilung befand. Ob sie sich mal auf dem Weihnachtsmarkt treffen konnten? Erst einmal musste sie sich morgen allerdings bei dem Reporter entschuldigen und ihm Rede und Antwort stehen.

11

Dieser blöde Schnösel von Reporter! Hannah wusste selbst nicht, warum sie den Mann unsympathisch fand. Aber dass er in ihrem Café auf seinem Laptop herumhackte, zerstörte die ganze wunderbare Atmosphäre. Hier sollten doch Ruhe und Beschaulichkeit herrschen! Sie konnte sich das wirklich nicht mehr ansehen. Allerdings war er ein Gast und ihn zu vergraulen wäre ein Fehler. Aber als außer dem blöden Klacken seiner Tastatur nichts anderes zu hören war – sah man vom Brummen von Kaffeemaschine und Kühltheke mal ab –, ging Hannah die Hutschnur hoch. Sie wusste selbst nicht, ob es der Stress der letzten Wochen war oder die Angst, ihren Traum zu verlieren … Zudem hatte sie schlechte Laune, weil sie seit Tagen keine Antwort mehr gefunden hatte.
Jedenfalls baute sie sich vor dem Mann auf. „So geht das nicht.“
Dabei nahm sie weder wahr, dass Marilla mit ihrem Pekinesen ins Café trat, noch dass ihre Kaffeemaschine sich gurgelnd ausschaltete, weil doch niemand eine Spezialität trinken wollte, so leer, wie es inzwischen im Café war.
Der Mann sah überrascht auf.
Marilla legte ebenfalls los. „Das sehe ich genauso. Noch immer keine Hundekekse für meinen Liebling in der Auslage!“ Wutschnaubend verließ sie das Café.
Hannah ignorierte Marilla und ergänzte: „Ich mag es nicht, wenn in meinem Café die Technik überhandnimmt. Hier sollen die Gäste lesen und sich wohlfühlen. Meinetwegen auch stricken oder häkeln.“ Der Mann lächelte sie an und schien kein bisschen konsterniert.
„Ich schreibe ein Buch“, sagte er entwaffnend. „Das ist quasi wie lesen. Außerdem würde ich Sie gern endlich ausgiebig für meinen

12

Sie nickte ernst und schien nicht so richtig zu wissen, was sie sagen sollte. Doch da gerade neue Gäste das Café betraten und ihre Bestellung aufgeben wollten, lächelte Jonas nur und begab sich in die Kaffeeabteilung.

Den Zettel fand er sofort. Die Lösung des Rätsels war einfach – ein Karussell! Aber der Weihnachtsmarkt war noch nicht aufgebaut, wo also mochte der Brief stecken? Gab es vielleicht in der Geschenkabteilung etwas Passendes?

Zunächst fand er dort Frau May, die ihn mit einem erleichterten „Herr Buchholz, Sie müssen mir helfen, mich zu entscheiden“ begrüßte. Sie hielt ihm einen weinroten und einen tannengrünen Schal entgegen.

„Zu Ihren grünen Augen unbedingt den grünen Schal“, empfahl er charmant, und Frau May zog glücklich ab.

Hier war nichts. Vielleicht ging es um ein Buch mit einem Karussell? Nein, es war viel einfacher, wie er bald feststellte – der Brief lag unter einer kleinen Dekofigur!

Die Buchfee mochte also Schnee und freute sich auf den Weihnachtsmarkt. Sollte er sie zum Karussellfahren einladen? Besser nicht, vielleicht handelte es sich ja doch um die Frau mit dem Pekinesen.

Liebe Buchfee, was ich noch liebe, sind Weihnachtsbäume, an denen ganz viele verschiedene Dinge hängen, die man nach und nach entdecken kann. Dein Nikolaus

Nun musste er nur noch die Karte ungesehen am Tannenbaum im Café verstecken. Den Hinweis *Wo die Lichter brennen* hinterließ er unter dem kleinen Karussell. Dann trat er zurück in den Gastraum und stellte überrascht fest, dass sein Tee schon auf dem Ecktisch bereitstand.

Er sah zu Hannah Gerdes hinüber, die ihm zunickte.

12

Zufrieden stellte Jonas fest, dass er zu dem kurzen Blogartikel von vorgestern schon ein paar nette Kommentare bekommen hatte. Leute, die sich für den Tipp bedankten, und zwei, die zustimmten, weil sie schon dort gewesen waren.

Diese Hannah hatte bei seinem letzten Besuch im Café ganz schön Temperament gezeigt. Das hatte er ihr gar nicht zugetraut.

Jonas schmunzelte bei der Erinnerung an ihre blitzenden Augen und das verrutschte bunte Tuch in ihren Haaren.

Und ja, es stimmte schon – wenn die Gäste mit Laptops und Handys rumspielten, ging die gemütliche Atmosphäre verloren.

Daher nahm er heute sicherheitshalber nur einen Block und seinen schönen Füller mit ins Café. Damit würde die Besitzerin sich vermutlich wohler fühlen. Kurzentschlossen steckte er außerdem eine Postkarte mit einem glitzernd geschmückten Tannenbaum für die Buchfee ein.

Ein Blick zum Himmel zeigte schwere, graue Wolken, aber noch schneite es nicht, als Jonas aus der Kälte in den anheimelnden Duft des Cafés trat.

„Hallo, Herr May", grüßte er den älteren Herrn, der gleich am Eingang saß.

„Ah, der Herr Unternehmensberater", antwortete der mit zufriedenem Lächeln. „Ein guter Tipp war das. Meine Frau ist irgendwo da hinten bei den Handarbeiten und kommt gar nicht wieder!" Er lachte.

Jonas lächelte, nickte und ging zur Theke. Hoffentlich hatte die Chefin das gehört und war ihm gegenüber etwas milder gestimmt.

Er bestellte einen Earl Grey Tee – Kaffee hatte er heute schon ausreichend getrunken. „Und nachher würde ich Ihnen gerne noch ein paar Fragen stellen, wenn das okay ist."

Happy Holidays
a great Mystery

13
A. Scott
TIME TO LEAVE
Leben am seidenen Faden
Grass-ro
CORDOBA

„Wenn ich was vorschlagen darf: Ihnen fehlt ein zündender Name.“ Herr Buchholz schaute sie mitfühlend an. Er fand sie wohl zu schüchtern. Wie konnte sie das wieder hinbiegen?
„Ich bin sehr nervös, entschuldigen Sie bitte“, flüsterte sie und fügte hinzu: „Ich möchte Sie morgen auf einen Latte macchiato mit Vanilletopping einladen.“
Über das Gesicht des Journalisten glitt ein Lächeln. „Gern. Wenn Sie bald einmal mit mir auf den Weihnachtsmarkt gehen. Ich liebe gebrannte Mandeln.“
„Und ich Zuckerwatte.“
„Dann ist das ja geklärt.“ Herr Buchholz lächelte. „Morgen und übermorgen habe ich ein bisschen Stress in der Redaktion, aber passt es vielleicht danach?“
Hannah nickte und er verließ das Café.
Als auch Herr und Frau May gegangen waren, schlich Hannah zum Karussell. Und siehe da: Sie fand einen Zettel mit dem Hinweis, genau wie den Brief am Tannenbaum. Doch das Interview hatte sie mächtig aufgewühlt. Hastig kritzelte sie die Worte: *Schnee passt zu Weihnachten* auf die Rückseite und schrieb:
Lieber Nikolaus,
Weihnachten naht mit seinem Zauber und alle warten auf Schnee. Wenn ich mir etwa wünschen könnte, dann das.
Deine Buchfee
Hannah versteckte den Brief unter einer Schneekugel.
Und als sie noch kurz vor die Tür trat, um das Kuchenschild reinzuholen, begann es draußen tatsächlich zu schneien. Sie atmete tief durch. Das war ein Zeichen! Morgen würde das Interview besser laufen. Latte macchiato mit Vanilletopping zog immer.

13

Ein bisschen nervös war Hannah schon. Ein Interview hatte sie schließlich noch nie gegeben. Aber erst musste sie für eine ältere Dame den Tee weihnachtlich verpacken. Aus dem Augenwinkel sah sie, dass Herr May sich verstohlen umschaute und nach hinten in die Handarbeitsabteilung huschte. Sie durchfuhr ein Schreck bei der Vorstellung, er könnte der Briefeschreiber sein.

„So, sind Sie so weit, Frau Gerdes?“ Der Journalist riss sie aus ihren Gedanken und winkte, als die Kundin das Café verlassen hatte.

„Ja, klar. Bitte!“ Hannah setzte sich zu ihm und atmete einmal tief durch.

„Mein Name ist übriges Buchholz“, stellte er sich vor. „Sie haben im Herbst das Buch-Café in Fohrenbach mit den anderen Abteilungen eröffnet. Das ist so weit korrekt?“

Hannah nickte. „Ich wollte etwas Besonders auf die Beine stellen“, begann sie zaghaft. „Aber es ist nicht so einfach, wie ich dachte.“

Herr Buchholz drehte seinen Füller zwischen den Fingern. „Die Gäste kommen nicht so zahlreich wie erhofft?“

„Wahrscheinlich, weil ich nicht von hier bin. Oder das Konzept passt nicht nach Fohrenbach. Oder die Kunden sind wegen des miesen Wetters noch nicht in Weihnachtsstimmung…“ Sie zuckte bedauernd mit den Schultern.

„Sie warten und hoffen also auf bessere Zeiten?“, fragte er.

Hannah biss sich auf die Unterlippe. Das Gespräch floss ein wenig träge, weil sie einfach nicht aus sich herauskam. Ihr blieben ständig die Worte im Hals stecken. Dass sie gedacht hatte, ihre Idee trage sich der Originalität wegen von allein. Weil ihr Kuchen und ihre Kekse schmeckten. Und der Kaffee ein Gedicht war.

J. Schweitzer Verlag
München
Dr. J. PETERSEN
Dr. J. PETERSEN
R. Frank
Tübingen
2. Auflage
Charles Dickens Nicholas Nickleby
CHARLES DICKENS OLIVER TWIST
Charles Dickens Der Raritätenladen
Charles Dickens David Copperfield

Sachenrecht
Familienrecht
Erbrecht
14
Charles Dickens Der Pickwicker
PIONTEK
DIE MITTLEREN JAHRE

Mit dem Hinweis: *Ebenezer Scrooge weiß mehr!* würde er sie zu Charles Dickens' Weihnachtsgeschichte locken, wo sie neben einem Marzipan-Tannenbäumchen mit Puderzuckerschnee seinen Brief finden würde:

Liebe Buchfee, dies ist ein süßer Gruß von drauß' vom Wald. Ich kann eine Winterwanderung im Schnee nur empfehlen. Und nimm einen Schlitten für den Rückweg mit!

Dein Nikolaus

Mit einem Lächeln auf den Lippen begab er sich zurück in den Café-Raum, um seinen versprochenen Latte macchiato mit Vanilletopping abzuholen und sich mit Hannah Gerdes zu unterhalten. Doch sein Lächeln schwand. An der Theke standen mindestens fünfzehn ältere Leute und warteten darauf, eine Bestellung aufzugeben. Hatte etwa ein Reisebus hier gehalten? Es sah fast so aus. Das passte jetzt gar nicht. Hannah Gerdes sah ihn an und zuckte mit den Achseln. Dann drehte sie sich um, um die Kaffeemaschine mit den neuesten Wünschen zu füttern.

So würde das Interview nie klappen! Gut, dass sie sich morgen außerhalb ihres Cafés treffen würden. Und jetzt? Die Arme konnte dem plötzlichen Ansturm kaum nachkommen, obwohl sie schnell und geschickt arbeitete.

„Meine Herrschaften, wenn Sie bestellt haben", sagte er laut, „setzen Sie sich bitte, Sie werden gleich bedient."

Er wandte sich an Hannah Gerdes: „Keine Angst, ich habe im Studium gekellnert. Nehmen Sie die nächste Viertelstunde als mein Willkommensgeschenk in Fohrenbach."

14

Wie war er nur auf die Idee gekommen, sich mit Hannah Gerdes zu verabreden? Der Vorschlag mit dem Weihnachtsmarkt war ihm einfach so herausgerutscht, als sie ihn mit ihren großen blauen Augen angesehen und auf einen Latte macchiato eingeladen hatte. Mit Vanilletopping. Jonas grinste. Es musste an diesem kleinen Extra gelegen haben!

Seit seiner Kindheit liebte er alles, was mit Vanille zu tun hatte – Vanillepudding, Vanilleeis und jetzt in der Vorweihnachtszeit Vanillekipferl. Hannah Gerdes hatte also voll ins Schwarze getroffen. Hoffentlich war sie ein bisschen zugänglicher, wenn sie sich das nächste Mal trafen. Jonas wollte ihr wirklich gerne helfen und noch etwas mehr Werbung für sie machen, aber dazu brauchte er Informationen und kein schüchternes Rumdrucksen. Dass sie auch anders konnte, hatte er ja kürzlich gesehen.

Es hatte nicht allzu viel geschneit, als Jonas am nächsten Tag zum Buch-Café spazierte, die Straße war fast frei. Aber die Tannen am Marktplatz und die Dächer der schon aufgebauten Buden waren doch hübsch weiß bepudert. Das würde der Buchfee gefallen. Und Hannah Gerdes wahrscheinlich auch.

Ein wenig voller war es heute im Café, was nicht schlecht war, weil er so unauffällig am Tannenbaum vorbeischlendern konnte. Unter genau dem Zweig, wo er gestern seinen Brief versteckt hatte, entdeckte er den Hinweis auf Schnee.

Schnee? Sie würde ihre Botschaft wohl kaum draußen im echten nassen Weiß hinterlegt haben, also …

Die Schneekugel war nicht schwer zu finden. So langsam wusste Jonas, wie die Buchfee tickte. Und dieses Mal konnte er ganz schnell antworten, denn er hatte alles vorbereitet.

15

Pekinesen, dessen Nase Hannah heute besonders platt erschien.
„Wir bekommen das Café auf Vordermann?“, wiederholte Hannah.
„Ja, wir. Hier in Fohrenbach ist alles wir!“ Marilla zog den Mantel aus, krempelte die Ärmel hoch und begann, die Auslage so zu sortieren, dass Platz für die Kekse war. Als Krönung zog sie ein selbst gebasteltes Bild von Herbert aus der braunen Ledertasche und erklärte: „Das ist der Werbeträger, nicht wahr, mein Burschi?“
Hannah konnte nichts gegen diesen Eingriff tun, denn schon wieder schob sich eine Busladung ins Café und danach noch eine zweite. So ging es den ganzen Tag. Sie war froh, dass sie pünktlich schließen konnte. Ihr Herz klopfte, aber nicht wegen des anstrengenden Tages, sondern weil sie sich auf das Treffen mit Herrn Buchholz morgen freute – sogar ein bisschen mehr, als sie erwartet hatte. Rasch setzte sie die Wollmütze auf und schlüpfte in den Wintermantel.
Was war der Weihnachtsmarkt für ein wundervoller Anblick! Die kleinen Buden wirkten heimelig inmitten des Schnees, die Dächer trugen Mützchen. Und wie hübsch glitzerten die Kerzen am Tannenbaum! Hannah steuerte auf den Stand mit der Zuckerwatte zu, als sie wie gebannt stehen blieb. Da lehnte Jonas Buchholz mit einer Frau im Arm am Tresen, der er sichtlich begeistert rechts und links ein Küsschen auf die Wange hauchte. Die wiederum wuschelte ihm vertraut durchs Haar. Das also war dieser Stress in der Redaktion!
Hannah setzte ein übertrieben freundliches Lächeln auf, als sie den beiden kurz zuwinkte, sich umdrehte und nach Hause ging. Dann fiel ihr ein, dass sie bei all dem Trubel dem Nikolaus gar nicht geantwortet hatte.

15

Hannah war von gestern noch immer völlig geschafft. Mit einer ganzen Busladung älterer Menschen hatte sie nicht gerechnet. Und obwohl es endlich Gäste gab, ärgerte sie sich ein wenig, dass ihr Interview deswegen verschoben werden musste. Aber wie freundlich von Herrn Buchholz, dass er ihr so hilfreich zur Hand gegangen war! Das hätte sie wirklich nicht von ihm erwartet. Vielleicht war er ja doch ganz umgänglich. Sie würde es herausfinden, wenn sie sich morgen auf dem Weihnachtsmarkt trafen. Das Wetter mit dem vielen Schnee war genau richtig für einen solchen Besuch. Hauptsache, es taute nicht so schnell, wie sie es von der Küste her kannte.

„Nun musst du allerdings erst einmal was tun", murmelte sie und stellte die Kaffeemaschine an. Hannah war gestern so müde gewesen, dass sie zwar aufgeräumt, nicht aber nach dem nächsten Brief geschaut hatte. Das wollte sie nun als Erstes nachholen.

Noch bevor sie das Café öffnete, ging sie zur Schneekugel.

Wie erhofft, fand sie dort einen Zettel. Das war ja einfach. Sie schmunzelte. Die Idee mit Charles Dickens gefiel ihr, weil sie diese besondere Weihnachtsgeschichte sehr liebte. Hannah las den Brief und freute sich schon, gleich zu antworten und sich ein neues Versteck auszudenken. Dann schloss sie auf.

Kurz darauf stürzte Marilla mit hochrotem Kopf herein. „Da sind sie!", keuchte sie. „Meine Hundekeks-Sterne für die Auslage! Mit Bio-Lachs. Sie bekommen das ja nicht hin, aber dafür gibt es schließlich die gute Marilla, die stets hilft, wo sie kann!"

Hannah fiel die Kinnlade runter. „Aber …", druckste sie herum.

„Nichts aber. Das ist eine wunderbare Idee, wie wir das Café auf Vordermann bekommen und sich deine Gästeliste automatisch erweitert. Zum Beispiel um Herberts Freunde." Sie zeigte auf ihren

16

Als er bemerkt hatte, wie voll es war, war er nur schnell in die Buchabteilung gegangen und hatte nach einer Reaktion der Buchfee geschaut. Sein Brief und der Marzipan-Tannenbaum waren verschwunden, aber es gab keinen Hinweis auf eine Antwort. Hatte er etwas Falsches geschrieben? Oder hatte sie keine Lust mehr auf den Austausch?

Aber jetzt sollte er nicht an die Buchfee, sondern an Hannah Gerdes denken, die tatsächlich ein wenig aufgetaut war und auf seine Frage erzählte, wie sie mit einer Freundin das Café hatte eröffnen wollen. „Lisas Pläne haben sich dann leider geändert."

Also hatte sie Hannah im Stich gelassen. Diese drückte es freundlicher aus, doch war es genau so.

„Es war anfangs wirklich sehr schwer", gestand sie, „nun sieht es besser aus. Wenn die Busse hier Station machen, ist es aber anstrengend, weil so viele Leute auf einmal kommen und alle sofort bedient werden wollen."

Jonas nickte verständnisvoll.

„Für morgen habe ich auch wieder eine Vorankündigung von einer Busgesellschaft gekriegt. Das ist schon hilfreich, wenn ich alles vorbereiten kann."

„Wann kommen die Leute?"

„Um drei – zur Kaffeezeit. Achtzehn Personen." Hannah Gerdes verzog das Gesicht. „Ich muss nachher noch mehr Kuchen backen."

„Um drei? Dann bin ich zehn Minuten früher da und helfe Ihnen beim ersten Ansturm."

„Das ist nicht nötig, Sie haben ja schon …"

„Doch, das ist nötig – diese Erfahrung brauche ich für meinen Artikel." Jonas lächelte, und als sie sein Lächeln erwiderte, wurde ihm plötzlich ganz warm ums Herz.

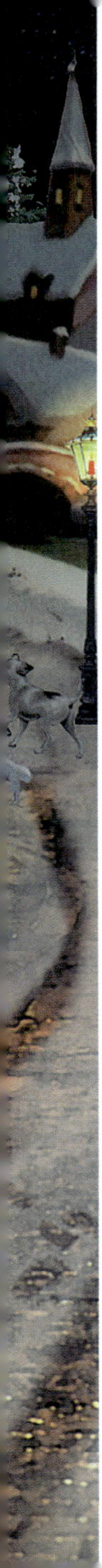

16

„Guck mal, Jonas“, sagte Bea und grinste, „die Frau da lächelt dich ziemlich grimmig an. Die war übrigens gestern schon hier. Hast du wieder ein Herz gebrochen, während ich in Australien war?“

Jonas sah sich um. „Ach, das ist die Besitzerin von dem neuen Café. Wir wollten uns heute zum Interview treffen.“

„Auf dem Weihnachtsmarkt?“

„Warum nicht? Da kommt wenigstens nicht ständig Kundschaft dazwischen. Seitdem ich auf meinem Blog diesen Unternehmenstipp geschrieben habe, brummt ihr Laden.“

„Okay, dann überlass ich dich deiner Arbeit. Mach was draus!“ Sie zwinkerte und verschwand zwischen den Buden.

Was Bea wieder dachte! Sie tat gerade so, als hätten Hannah Gerdes und er ein Date!

„Hi“, begrüßte er seine Interviewpartnerin, die mit ihrer roten Wollmütze sehr hübsch aussah, obwohl ihr Lächeln nicht die Augen erreichte. Aber das würde er ändern.

„Darf ich Sie, wie verabredet, zu einem Glühwein einladen?“

Hannah Gerdes nickte und er führte sie zum Ende des kleinen Weihnachtsmarktes, wo der Wirt des Gasthauses Ochsen roten und weißen Glühwein sowie Punsch ausschenkte.

„Der Horst setzt alles selbst an – hier gibt’s keine Zuckerpansche“, erklärte Jonas. „Probieren Sie mal.“

Der Glühwein schien zu schmecken, denn Hannah Gerdes nahm einen Schluck und nickte.

„Es war gestern ziemlich viel los im Café“, versuchte Jonas das Gespräch in Gang zu bringen.

„Sie waren da? Ich habe Sie gar nicht gesehen.“

„Ich wollte Ihnen nicht noch mehr Arbeit machen, Sie hatten mit den Bus-Leuten genug zu tun.“

LILAC SWEET'S
Palm

KRAUTH
UND
MEYER
GLÜH-
WEIN
17

Das würde den Nikolaus vor eine kleine Denksportaufgabe stellen. Sie hatte nämlich neuerdings einen guten Winzerglühwein im Angebot. Aber auch ein hübsches Becherset, das ganz woanders stand. Kurzerhand nahm sie beides, dekorierte es mit einem Tannenzweig um und platzierte alles auf dem Regal im Café. Mit etwas Glück würde sie den Finder so doch einmal entdecken.
„Nun ab in die Koje!" Hannah gähnte.

Der Wecker riss sie recht unsanft aus dem Schlaf. Über Nacht hatte es noch heftiger geschneit. Solche Wintereinbrüche waren an der Küste selten, und so genoss Hannah das wunderbare Bild, das sich ihr nun bot. Sie reckte sich. Heute würde ein schöner Tag werden. Latte macchiato mit Vanilletopping mit Jonas Buchholz, zuvor würde sie einen erfreulichen Umsatz mit dem Busunternehmen machen. Und Herr Buchholz wollte ihr sogar helfen.
Sie musste nur daran denken, die Hundekekse wegzuräumen. Vorsichtshalber nahm Hannah einen kleinen Korb mit, den sie mit einem karierten Deckchen ausstatten wollte.
Doch als sie ins Café kam, schrak sie zusammen.
So ein Mist! Anscheinend hatte sie den Wasserhahn gestern nicht richtig zugedreht und den Stöpsel im Becken gelassen! In der Nacht war es übergelaufen und sie musste nun erst einmal den Boden wischen.
Hastig füllte sie die Hundekekse in das Körbchen und schob es in das Fach unter dem Tresen, bevor sie Eimer und Putzlappen holte.

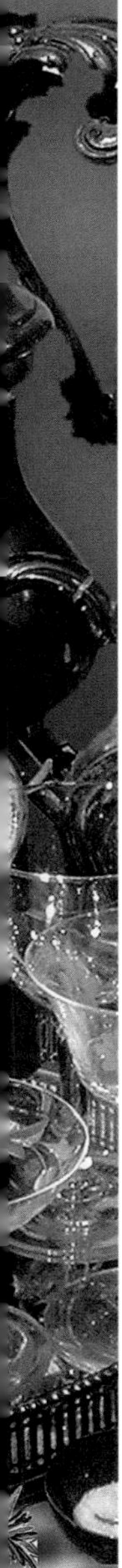

17

Mann, war der nett, und das Interview war klasse gewesen! Hannah seufzte wohlig, als sie in ihr Café trat und die Tür hinter sich schloss. Sie lehnte sich gegen den Rahmen und machte die Augen zu. Wenn sie nur wüsste, ob diese Frau in seinem Leben eine Bedeutung hatte …

„Das kann dir doch so was von egal sein“, schimpfte sie mit sich selbst. „Du hast genug andere Probleme, da brauchst du keinen Mann.“

Ein Problem lachte sie gerade in Form eines Pekinesenkopfes in der Auslage an. Was würde passieren, wenn sie die Herbert-Kekse wieder rausnahm? Marilla kannte jeden in Fohrenbach und es wäre nicht gut, falls sie Schlechtes über das Buchcafé verbreiten würde. Ich räume sie morgen in eine andere Kiste, die ich als Hundekörbchen gestalte, so liegen diese Lachsteilchen nicht mehr neben meinen Vanillekipferln.

Zufrieden wollte sie gerade nach oben in ihre Wohnung gehen, aber dann fiel ihr siedend heiß ein, dass sie ihrem Nikolaus noch nicht geantwortet hatte.

Sie nahm einen Briefbogen, auf dessen Rändern Engelchen mit Trompeten flogen, und schrieb:

Lieber Nikolaus,

ich konnte mich gestern nicht melden, weil ich im tiefen Schneechaos und mehr versunken bin. Aber mit einem Glühwein konnte ich mich wieder aufwärmen. Das Beste bei dem Wetter. Und nun lese ich erst einmal Charles Dickens. Die Buchfee

Hannah überlegte kurz und steckte einen Zettel ins Buch.

Glühwein wärmt.

Reserviert

18
4108
Reserviert
Reserviert

Körbchen mit Keksen, das Hannah bereitgestellt hatte, und legte auf jede Untertasse einen der gebackenen Sterne. Dann servierte er den Kaffee mit freundlichem Lächeln und dem Tipp, sich doch später in den weiteren Räumen ein wenig umzusehen.

„Iih!“, rief plötzlich eine weißhaarige Dame und starrte auf den angebissenen Stern in ihrer Hand. „Wieso schmeckt der denn nach Fisch?“

Der Mann neben ihr schüttelte den Kopf und legte seinen Keks vorsichtig zurück auf den Teller.

Auf einmal stand Hannah vor Jonas, das Gesicht deutlich gerötet. „Woher hast du die Plätzchen?“, zischte sie ihm zu.

„Aus dem Körbchen unterm Tresen.“

Nun wurde sie blass. „Das sind Hundekekse“, hauchte sie. „Mit Bio-Lachs à la Marilla.“

Es dauerte zwei Wimpernschläge, bis Jonas verstand. „Richte du den Kuchen“, flüsterte er. „Ich mach das.“

„Liebe Gäste“, sagte er dann laut und setzte sein charmantestes Lächeln auf. „Es tut mir schrecklich leid, ich habe Ihnen aus Versehen die neuen herzhaften Bio-Lachs-Kekse serviert, die noch etwas Lagerzeit benötigen, bis sie richtig schmecken. Mein Fehler. Selbstverständlich tausche ich Sie Ihnen sofort um. Wie wäre es mit – Vanillekipferln?“

Hannah runzelte die Stirn und ihr Blick war alles andere als freundlich, obwohl er sie doch soeben gerettet hatte! Gut, dann würde er eben nachher keinen Latte macchiato mit ihr trinken, sondern, sobald die Gäste versorgt waren, nach Hause gehen und sich seinem Romanmanuskript widmen.

18

Schade, dass Hannah sich gestern auf dem Weihnachtsmarkt schon so früh verabschiedet hatte, um für ihre heutigen Gäste zu backen. Immerhin duzten sie sich nun und gleich würde er sie wiedersehen. Wenn die Reisegesellschaft satt und zufrieden wieder weg war, würde er in Ruhe seinen versprochenen Latte macchiato mit Vaniletopping trinken und sich weiter mit ihr unterhalten.
Als er überpünktlich mit dem Dreiviertelstundenschlag der Kirchenglocken das Café betrat, wirkte Hannah etwas gehetzt. Bis auf zwei junge Mädchen in der Ecke war niemand hier, aber auf den meisten Tischen standen neben dicken roten Kerzen kleine grüne Papptannenbäume mit dem Wort RESERVIERT in schwungvoller weißer Schrift.
„Dann kann der Ansturm ja kommen." Jonas trat lächelnd an den Tresen. „Du lässt den Kaffee aus deiner Zaubermaschine und ich verteile ihn, ja?" Ob sie heute wieder so gut Hand in Hand arbeiten konnten?
„Okay." Sie nickte. „Und leg bitte zu jedem Heißgetränk einen Keks. Dann haben die Leute schon gleich etwas zur Überbrückung, bis der Kuchen kommt."
Sie war umsichtig und wirklich um das Wohl ihrer Gäste bemüht, das gefiel ihm. Überhaupt war sie …
Die ersten Leute betraten das Café. Eine der Frauen stieß einen entzückten Schrei aus, als sie den liebevoll dekorierten Raum betrachtete, und stupste ihre Nachbarin in die Seite, bevor sie am Tresen etwas bestellte. Er musste die Damen nachher unbedingt auf die Geschenke-Abteilung hinweisen, nahm sich Jonas vor. Doch zunächst würde er sich anderweitig nützlich machen. Er fand das

19

Hannah seufzte. Sie würde also weiterhin Mittel und Wege finden müssen, um ihren neuen „Bestseller" sang- und klanglos in der Versenkung verschwinden zu lassen.
Sie räumte auf und schaute, ob sie denn nach diesem schrecklichen Tag nicht wenigstens einen Brief vom Nikolaus finden würde. Leider hatte er ihre Post gar nicht abgeholt.
Trübsinnig starrte Hanna aus dem Fenster. Es war dunkel draußen, aber es hatte erneut geschneit. Durch den frisch gefallenen Schnee und die vielen Lichter des Weihnachtsmarktes wirkte es freundlich – und anheimelnd.
„Ich geh noch einmal raus und genieße den wunderschönen Winterabend", beschloss sie. „In wenigen Tagen ist Weihnachten und das eine oder andere Geschenk finde ich auf dem Markt bestimmt."
Vielleicht würde das Bauchgrummeln beim Schnüstern ja verschwinden. Hannah war doch ein wenig enttäuscht, weil sie keinen Brief gefunden hatte – und heute auch sonst so viel schiefgelaufen war.
Hannah schlüpfte in ihren dicken Wintermantel, wickelte sich den Schal um den Hals und setzte ihre rote Pudelmütze auf. Sie schloss das Café ab und trat vor die Tür. Dort legte sie den Kopf kurz in den Nacken, breitete die Arme aus und sog die klare Winterluft ein. Dann spazierte sie los und genoss das Knirschen unter den Sohlen. Langsam beruhigte sich ihr Herzschlag. Gerade, als sie dabei war, sich mit dem Tag auszusöhnen, sah sie Jonas. Am Hals hing ihm schon wieder diese blonde Frau.

19

Hätte Marilla ihr diese blöden Plätzchen nicht untergejubelt, wäre diese Panne nicht passiert. Hannah kochte noch immer vor Wut. Und wäre sie nicht so unachtsam gewesen, hätten ihre Gäste nicht versehentlich Hundekekse mit Bio-Lachs neben ihrer Kaffeespezialität liegen gehabt. Sie griff nach dem Korb und entsorgte den Inhalt im Müll.

Kaum hatte sie das erledigt, machte sich die Busgesellschaft wieder auf den Weg. Hannah verabschiedete jeden einzeln mit einem kleinen Teebeutel als Geschenk. Sie hatte zum Glück in der letzten Woche eine Lieferung mit Weihnachtssorten bekommen, von denen alle Beutel in bunt bedruckten Würfeln verpackt und mit einem hübschen Spruch versehen waren.

„Dann sind wir Ihnen auch nicht mehr böse, Mädchen", sagte ein dicklicher Herr gönnerhaft, während er das Präsent ausgiebig betrachtete. Hannah fand diese Bezeichnung blöd, sie war schließlich alles andere als ein Mädchen, aber sie wollte keinen weiteren Unmut erzeugen und so lächelte sie beflissen. Kaum war die Busgesellschaft weg, schneite auch schon Marilla mit Herbert rein. Sofort inspizierte sie den Tresen. „Ach, sind meine Hundekekse weg? Da habe ich ja einen Bestseller gebacken", stellte sie zufrieden fest. „Mein Herbert als Werbeträger ist wirklich grandios. Wusste ich es doch!" Marilla hob die Hand, als Hannah widersprechen wollte, quasselte einfach weiter und ging zum Du über. „Du musst nichts sagen, ich helfe gern und werde dich ständig und kostenfrei mit meiner Ware beliefern. So sind wir in Fohrenbach! Dann will ich mal und gleich für die nächste Lieferung sorgen." Sie strich Herbert über den kleinen Pekinesenkopf und verließ das Café.

20

Hannah warf ihm einen Blick zu, den er nicht deuten konnte, und erklärte Bea die Möglichkeiten, die ihre Räumlichkeiten boten.
Seine Cousine bedankte sich und versprach, sich zu melden. „So, und jetzt muss ich los!“, sagte sie dann, umarmte Jonas noch einmal kurz und eilte davon.
Nervös schaute der ihr nach. Verflixt, was sollte er nun mit Hannah reden? Er war doch sonst nicht um Worte verlegen! Aber auch sie sah ihn nur stumm an.
„Ich wollte …“, setzte er schließlich an.
„Ich will …“, sagte sie gleichzeitig.
„… mich entschuldigen“, beendeten beide ihren Satz. Dann begannen sie zu lachen und die Verlegenheit war auf einen Schlag verschwunden.
„Wenn ich die Hundekekse gleich entsorgt hätte“, sagte Hannah, „wäre das gar nicht passiert. Aber Marilla zu beleidigen wäre wohl keine gute Idee gewesen.“
„Du bist zu freundlich“, rutschte es Jonas heraus.
Hannah errötete. Hübsch sah sie aus und ihr Blick war so warm … Was wollte er eigentlich mit irgendeiner anonymen Buchfee? Der Briefwechsel war spaßig, aber Hannah näher kennenzulernen würde sich viel mehr lohnen!
„Nach diesem Tag hast du dir einen Glühwein redlich verdient. Ich lad dich ein.“ Er lächelte.
„Sehr gerne.“ Hannah nickte. „Aber nur, wenn du morgen ins Café kommst und endlich deinen Latte macchiato mit Vanilletopping genießt!“
„Abgemacht!“
Gemeinsam schlugen sie den Weg zum Weihnachtsmarkt ein.

20

„Guck mal, da ist wieder deine Freundin aus dem Café." Bea grinste. Jonas drehte sich um und tatsächlich – auf der anderen Straßenseite ging Hannah. Sofort ließ er Bea los.
„Sie ist nicht meine Freundin", stellte er klar.
„Ach nein?" Bea lachte. „Aber interessiert wärst du schon."
„Wie kommst du darauf?"
„Joni-Schätzchen – ich kenn dich seit deiner Geburt! Moment, lass mich mal machen." Mit einem kurzen Blick nach links und rechts sprintete sie hinter dem Bus über die Straße. Jonas seufzte tief und folgte ihr.
Hannah blieb überrascht stehen, als sie beide auf sich zukommen sah.
„Hi, ich bin Bea", stellte sich seine Cousine vor. „Ich hab gehört, du hast das neue Café hier im Ort. Kann man bei dir auch mal das ganze Ding mieten? Wir machen im Januar immer unser Cousins-Cousinentreffen mit rund zwanzig Leuten und brauchen noch 'ne Location fürs nächste Mal. Sonst müssen wir am Ende bei Tante Lioba einfallen und –" Sie wandte sich an Jonas. „Du weißt ja, wie deine Mutter große Gesellschaften hasst." Sie zwinkerte.
Jonas atmete tief durch. Einerseits bewunderte er Bea, auf welche Weise sie Hannah klar vermittelt hatte, dass sie seine Cousine und ihre Umarmung nur familiär bedingt war. Aber andererseits war es auch ein wenig peinlich, wie sie versuchte, ihn zu verkuppeln. Als ob er sich nicht selbst eine Freundin suchen konnte! Eigentlich war es doch mit der Buchfee bisher sehr nett gelaufen. Bei diesem Gedanken fiel ihm ein, dass er vor lauter Hundekeks-Skandal ganz vergessen hatte, nach einem neuen Brief zu gucken.

Café
Kaffee
COFFEE
Latte Macchiato
Espresso
Capuchino
Milchkaffee
Café au lait
Latte Macchiato
Kaffee
Coffee
Espresso
CAPUCHINO
Café
Déqustation
Le Café
LILAC SWEETS
Palmer

COFFEE
Café au lait
acchiat
ffee
21
Choice
COFFE
Zuckerwaaren-Fabrik
KAF
KAFFEE
KAFFEE

als Hausaufgabe bekommen, über einen zündenden Namen nachzudenken.
Hannah grübelte vor sich hin und beschloss, einfach den Nikolaus zu fragen. Dann bekam er eben zwei Briefe, wenn er vielleicht eines Tages wieder hier vorbeischneite.
Sie entschied sich für einen grünen Briefbogen.
Lieber Nikolaus, leider hast du die letzte Post nicht abgeholt. Ich hoffe, dass nicht der Wintereinbruch daran schuld war und du mit dem Schlitten irgendwo feststeckst. Ich bin gerade auf der Suche nach einem Namen für dieses Café. Er soll romantisch sein. Peppig. Und einladend. Hast du vielleicht eine Idee? Deine Buchfee.
Hannah legte den Brief zu dem anderen. Ein bisschen plagte sie das schlechte Gewissen. Ihr Herz klopfte für Jonas und trotzdem schrieb sie diesem Mann. Er ist der Nikolaus, redete sie sich ein. Und gleichzeitig wusste sie, dass sie sich selbst belog. Sie sollte das beenden, es war albern, zumal sie sich eben selbst verraten hatte.
Hannah wollte den Brief gerade wieder entfernen, als die Tür ging, Jonas eintrat und sich den Schnee aus dem Haar schüttelte.
„Was machst du denn da?“, fragte er mit einem Lächeln.
Hannah schob den Brief unauffällig zurück. Da wäre sie doch fast erwischt worden! „Saubermachen“, sagte sie und erwiderte sein Lächeln verlegen. „Aber jetzt gibt es erst einmal den versprochenen Latte macchiato.“
Flugs eilte Hannah zur Kaffeemaschine und stellte sie an.
Ihr Herz klopfte heftig und das war nicht nur der Tatsache geschuldet, dass Jonas da war.
Sie fühlte sich auch ertappt, denn sein Blick wanderte ständig zu ihrem Glühweinarrangement.

21

Wieder keine Nachricht! Natürlich hatte Hannah am Folgetag nachgesehen, ob sich bei ihrem Glühweinarrangement etwas getan hatte. War ihr Hinweis zu schwierig gewesen?
Sie seufzte. Gleich wollte Jonas vorbeischauen. Dann würde sie sich eben erst um den Latte macchiato kümmern, denn das Vanilletopping war ihre Spezialität. Sie bereitete es stets mit einem besonderen Sirup zu, wobei sie aber achtgeben musste, dass er den Milchschaum nicht zerstörte. Darüber streute sie dann eine Prise Zimt durch eine Form. Jetzt in der Weihnachtszeit nahm sie einen kleinen Engel, der sich auf dem Milchschaum ganz entzückend machte und den Gästen stets ein Lächeln auf die Lippen zauberte.
Hannah ertappte sich dabei, dass ihre Hände vor Aufregung zitterten, als sie einem Kunden ein Buch in Geschenkpapier einschlug und ihm zugleich eine Tüte Weihnachtstee verkaufte.
„Geht es Ihnen nicht gut?“, fragte der ältere Herr und rückte besorgt den Hut zurecht.
„Doch, es ist alles in Ordnung“, gab Hannah zurück und taxierte die Straße in der Hoffnung, Jonas dort zu entdecken.
„Brauchen Sie einen Arzt?“, fragte der Mann. „Sie sind so blass und zittern. Sie werden doch hoffentlich nicht krank?“
Liebeskrank, fuhr es Hannah durch den Kopf. Aber dann lächelte sie. „Es geht schon, danke.“
Der Herr verabschiedete sich und Hannah war froh, dass keine weiteren Gäste im Geschäft waren. Bis Jonas kam, konnte sie sich noch ein paar Gedanken über den zukünftigen Namen machen, denn darüber hatten sie auf dem Weihnachtsmarkt ausgiebig diskutiert. Er wollte das Buch-Café noch einmal mit einem richtig großen Artikel auf seinem Blog bewerben und sie hatte von ihm

GOETHE · GEDICHTE
DRAMEN
FROHE WEIHNACHTEN
Fröhliche Weihnachten
Frohe Weihnachten

FAMOUS
22

Jonas schlenderte in die Buchabteilung, den Abschiedsbrief an die Buchfee in der Innentasche seiner Jacke.

Liebe Buchfee, danke für all die Briefchen. Nun habe ich eine Frau kennengelernt… Du hast mir Glück gebracht. Ich wünsche dir eine wundervolle Weihnachtszeit! Dein Nikolaus

Er zog Dickens' Weihnachtsgeschichte aus dem Regal und stellte überrascht fest, dass die Buchfee nun doch geantwortet hatte.

Glühwein?

Unwillkürlich dachte er an Hannah und den gestrigen Abend auf dem Weihnachtsmarkt. Aber nein, der Hinweis musste sich auf das Café beziehen. Gab es hier vielleicht Glühweingewürz? Aber Moment – stand nicht auf dem Regal im Café ein Arrangement mit Bechern und einer Flasche? Genau dort, wo Hannah vorhin saubergemacht hatte?

Zum Glück hatte ein Kunde den Laden betreten und ließ sich im Kaffeeraum spezielle Bohnen abfüllen. So konnte Jonas ungesehen nachschauen.

Tatsächlich, halb verborgen unter dem Deckchen des Arrangements, lugte die Ecke eines Umschlags hervor. Er zog ihn heraus – nein, es waren sogar zwei Briefe! Hastig tauschte er sie mit seinem aus, denn er konnte hören, dass Hannah und ihr Kunde zurückkamen. Weitere Suchspiele waren unnötig, hatte er entschieden. Er steckte die Briefe ein und wartete, bis Hannahs Kunde zufrieden das Café verlassen hatte.

„Ich muss noch in die Redaktion", sagte Jonas zu ihr. „Aber ich dürfte zurück sein, wenn du hier zumachst. Und dann könnten wir etwas zusammen unternehmen. Falls du nichts Besseres zu tun hast."

Sie lächelte ihr wunderschönes Hannah-Lächeln und nickte.

22

Warum hatte Hannah so schuldbewusst ausgesehen, als Jonas sie angesprochen hatte? Sie konnte in ihrem Café doch putzen und räumen, wie sie wollte, gerade wenn es so leer war wie jetzt.
Er hatte sich extra diese etwas ruhigere Zeit vor den Kaffee-und-Kuchen-Gästen ausgesucht, damit er sich mit Hannah unterhalten konnte. Es war ihm schwergefallen, sie gestern einfach gehen zu lassen, als der Weihnachtsmarkt seine Buden schloss, so angeregt war ihr Gespräch verlaufen. Hannah war keineswegs so zurückhaltend oder gar steif, wie er ursprünglich vermutet hatte, sie war vielmehr …
„Hier, bitte." Sie stellte seinen hübsch dekorierten Latte macchiato vor ihm auf den Tresen und lächelte ihn an. „Heute ist freie Platzwahl – und, wie versprochen, der Kaffee mit Topping!"
„Dann bleibe ich hier stehen, sozusagen an der Bar. Außer du setzt dich zu mir."
Hannah schüttelte den Kopf. „Ich muss noch Teepakete verpacken – Weihnachtsgeschenke für die Belegschaft der Firma Förster, die werden bald abgeholt."
„Klingt gut." Er nahm einen Schluck und verdrehte verzückt die Augen.
Hannah lachte, legte eine Rolle Geschenkpapier auf den Tresen und holte ein Körbchen mit Teepackungen. Dann begann sie, den Tee kunstvoll einzuschlagen, während er seinen Latte macchiato genoss.
„Schön machst du das", lobte Jonas. „Aber eine Frage: Wenn ich ein Buch zum Verschenken kaufe, zauberst du daraus bitte auch so ein Kunstwerk? Mit einem Ostfriesentee dazu?"
„Selbstverständlich!"

Riedel & Engelmann's
Schwerter-Cacao
La Patria
Almo-var
Calvano
Lavello

A. Scott
TIME TO LEAVE
FAITH POPCORN
Leben am seidenen Faden
23
ÖHLICHE
HNACHTEN

Als Marilla und Herbert sich getrollt hatten, schaffte es Hannah endlich, zum Glühweinarrangement zu gehen. Es war ein gutes Gefühl, das jetzt zu beenden, wo ihre Einsamkeit offenbar ein Ende hatte.
Hannas Herz klopfte bis zum Hals, als sie sah, dass beide Briefe verschwunden waren. Und stattdessen ein neuer Umschlag da lag …
Hannah riss den Falz auf und faltete den Brief langsam auseinander. Ihr stockte der Atem, als sie die Zeilen las, und ihr Herz schlug heftig. Dann musste sie lachen. Es war so befreiend! Und dann fiel ihr etwas auf: Sie wusste, wer der Nikolaus war! Im Café war von ihren Gästen heute einzig Jonas einmal allein gewesen. Das ließ nur einen einzigen Schluss zu!
Hannah steckte den Brief zurück in den Umschlag. Sie überlegte und beschloss dann, ihn nach norddeutscher Art heute Abend einfach direkt anzusprechen, wenn er sie abholte.
Die Frau … das konnte nur sie sein. Sein Herz schlug tatsächlich für die Buchfee!

23

Puh, heute war wirklich ein ruhiger Tag, aber nach dem Andrang mit den Bussen war das auch ganz erholsam. Sie hatte mit dem Verpacken der Firmengeschenke auch genug zu tun gehabt. Wenn Jonas ihr Café nun regelmäßig auf dem Blog erwähnte und es sich weiter so gut herumsprach, dass es das Buch-Café mit seinen Einkaufsmöglichkeiten gab, würde sie wohl doch über die Runden kommen. Jetzt noch ein pfiffiger Name und endlich würde es aufwärtsgehen.

„Aber zuerst muss ich meine Briefe wegnehmen. Ich möchte auf keinen Fall zweigleisig fahren. Mit dem Nikolaus muss jetzt Schluss sein."

Doch bevor sie zu ihrem Glühweinarrangement gehen konnte, öffnete sich die Tür und Marilla trat ein. Sie trug ein schuhkartongroßes Paket auf dem Arm. Es war in Weihnachtspapier eingepackt und mit einer großen pinkfarbenen Schleife versehen.

„Ich wollte dir für das Café noch ein kleines Weihnachtspräsent vorbeibringen. Ich muss mit Herbert das Fest vorbereiten und dazu brauche ich ein paar Tage. Er legt immer viel Wert auf ein gepflegtes Ambiente, nicht wahr, mein Großer?" Sie strich dem Hund übers Haupt und der leckte bestätigend ihre Hand.

Hannah musste sich ein Grinsen verkneifen. Sie konnte sich dieses Weihnachtsfest bildlich vorstellen. Herbert auf einem erhöhten Stuhl am Tisch vor seinem Teller mit Hundekeksen, wahrscheinlich eine zum Tannenbaumschmuck passende Schleife um den Hals.

„Ich danke dir, Marilla. Das freut mich sehr."

Sie zwinkerte ihr zu. „Dieses Mal hab ich feinsten Thunfisch verwendet und sie Silvester entsprechend als Schornsteinfeger ausgestochen. Das war eine Heidenarbeit, kann ich dir sagen! Ich wünsche dir frohe Weihnachten."

24

terdrücken, als Hannah sich nach ihm umdrehte. Sie bückte sich und zog unter dem Tresen einen Umschlag hervor. Seinen Umschlag.
„Ist der von dir?“, fragte sie direkt.
Sein Lächeln ließ sich nicht mehr zurückhalten, als er vor ihr stehen blieb. „Ja, darf ich mich vorstellen? Jonas Nikolaus Buchholz. Und ich bin überaus erfreut, dich kennenzulernen, liebe Buchfee!“
Nun lächelte sie ebenfalls. „Du hast es also auch gemerkt?“
„Es hat ein wenig gedauert.“
„Und?“ Sie legte den Kopf schief und sah ihn abwartend an.
„Café Buchfee“, sagte Jonas.
Hannah lachte. „Klingt nicht schlecht, obwohl ich eher meinte, was wir beide jetzt machen?“
„Wir schließen gleich das Café Buchfee und machen einen langen Spaziergang im Schnee.“
„Und dabei erzählst du mir von der Frau, die du kennengelernt hast?“
Jonas trat noch einen Schritt näher an sie heran. Sie roch nach Apfel und Zimt und ihre Augen strahlten ihn an.
„Ja“, flüsterte er und schloss sie in die Arme. „Sehr gerne. Sie ist wirklich ganz wunderbar.“
„Dann küss sie doch endlich“, murmelte Hannah.
Und genau das tat Jonas.

24

Auch wenn es noch ein paar Tage bis Heilig Abend dauerte, waren in der Redaktion alle bereits in Festtagsstimmung und die angesetzte Konferenz ging schnell zum gemütlichen Teil über. Die wie jedes Jahr sehr ausführliche Dankesrede des Chefredakteurs an seine Leute gab Jonas die Gelegenheit, unter dem Tisch die Briefe der Buchfee zu lesen.

Einer von ihnen war die übliche Plänkelei um Schnee und Glühwein, doch der andere … Jonas' Herz schlug auf einmal deutlich schneller und lauter.

Die Buchfee suchte einen Namen für Hannahs Café. Hannah suchte einen Namen für ihr Café. Das konnte nur eines bedeuten: Er schrieb sich die ganze Zeit mit Hannah! Warum war er darauf eigentlich nicht gleich gekommen?

Ein Lächeln breitete sich auf seinem Gesicht aus und er erntete ein Stirnrunzeln des Chefredakteurs, der wohl gerade ein ernsteres Thema angeschnitten hatte. Doch das war Jonas egal, er schwebte auf einer kleinen rosa Wolke – einer Buchfeenwolke, sozusagen. Und sobald die Weihnachtsrede beendet war, verabschiedete er sich und fuhr eiligst nach Fohrenbach.

Er parkte wenige Meter vom Eingang des Cafés entfernt und sah auf die Uhr. In zehn Minuten würde Hannah ihr Geschäft schließen. So lange wollte er nicht mehr warten.

Entschlossen trat er ein und versuchte, sein breites Lächeln zu un-

Ein paar Tage später

Hannah und Jonas verbrachten die Weihnachtstage gemeinsam. Sie gingen spazieren, saßen eng umschlungen auf dem Sofa vor Jonas' Kamin oder kochten zusammen in Hannahs Küche. Jonas sägte ein Schild aus einem gut abgelagerten Kiefernbrett, das er im Schuppen seines Vaters gefunden hatte, und Hannah packte ihre Farben aus, um darauf in schwungvoller Schrift *Café Buchfee* zu schreiben.

Schließlich war es so weit. Während Hannah die Leiter hielt und zusah, montierte Jonas das Schild über der Tür.

„Ist das gerade so?"

„Perfekt"

„Ach, wie hübsch!", sagte plötzlich eine Stimme hinter Hannah. „Nicht wahr, Herbert?"

Hannah drehte sich um. „Guten Morgen, Marilla."

„Du öffnest heute wieder? Wird aber auch Zeit."

„Ja, ab elf ist auf." Hannah lächelte. „Und schau mal dort durchs Fenster!"

Sie wies auf die neue Ecke mit dem weichen Körbchen und dem kleinen Kaufladen, den sie zu einer Hundekeks-Bar umfunktioniert hatte.

„Ist das …? Och, guck mal, Herbert!" Marillas Augen wirkten auf einmal feucht. Sie schien sich aufrichtig zu freuen.

„Ich möchte natürlich alle meine Gäste gut bewirten", sagte Hannah, „auch die vierbeinigen. Danke, für die grandiose Idee."

Marilla nickte gerührt, so dass ihr Federhütchen wippte, und verabschiedete sich mit dem Versprechen, gleich zur Öffnung um elf Uhr wiederzukommen, damit Herbert die neue Hundeecke einweihen konnte.

„Du hättest ruhig runterkommen können“, rief Hannah die Leiter hinauf.
„Ach, du hast das so wunderbar diplomatisch gemacht“, sagte Jonas und stieg herab. „Da hätte ich nur gestört.“ Er warf einen zufriedenen Blick zum Schild. „Sehr schön.“
Sie nahm seine Hand.
„Und was hast du vor, wenn ich nachher arbeite?“, fragte sie.
„Ich suche mir ein Plätzchen zum Schreiben. Ich habe heute Morgen eine wunderbare Wendung für meinen Roman gefunden. Am liebsten schreibe ich ja in Cafés, das ist immer so inspirierend. Aber nicht überall sind Laptops gerne gesehen.“ Er zwinkerte.
„Ich könnte dir eines empfehlen. Da darf man Bücher sowohl lesen als auch schreiben!“
„Du meinst doch nicht etwa das *Café Buchfee*? Nett dort, aber ich habe gehört, in diesem Etablissement werden Hundekekse zum Kaffee gereicht.“ Er grinste breit.
„Nicht von mir“, konterte Hannah, „nur vom Nikolaus!“
Beide brachen in solch ein schallendes Gelächter aus, dass sich einige Passanten umdrehten. Der Anblick des glücklichen jungen Paars, das Hand in Hand vor dem Café stand, zauberte ein Lächeln auf ihre Lippen, das sie noch lange begleitete.

Hannahs schwedischer weicher Pfefferkuchen

Zutaten:
3 Eier
200 g Zucker
(davon 100 g brauner Zucker)
150 g Mehl
2 TL Backpulver
20 g gehackte Mandeln
5 geriebene Bittermandeln
100 g zerlassene Butter
0,1 l saure Sahne

Gewürze:
2 TL Zimt
2 TL Ingwer
1 TL gemahlene Nelken
1-2 TL Kardamom
3 EL Orangeat

Zubereitung:

Eier, Zucker schaumig rühren und das Mehl mit dem Backpulver dazugeben. Verrühren. Danach die restlichen Zutaten, außer den Gewürzen, unterrühren.
Nun kommen die Gewürze hinzu und werden vorsichtig untergehoben.

Eine längliche Kastenform gut einfetten und mit Paniermehl ausstreuen. Den Teig einfüllen und glatt streichen.
180 Grad Umluft (200 Grad Ober-/Unterhitze) ca. 50–60 Minuten backen

Tipp: Dieser Kuchen hält sich in Alufolie verpackt lange und ist ein wunderbares Weihnachtsgeschenk.

Hannahs Adventsschnitten

Zutaten:

70 g Butter
150 g Zucker
1 TL Zimt
2 Eier
1 EL Kakao zum Backen
200 g Zitronat
200 g geraspelte Haselnüsse oder Mandeln
100 g Rosinen
1/8 l Milch
2 gestr. TL Backpulver
250 g Mehl

Zubereitung:
Die Butter mit dem Zucker und dem Zimt schaumig rühren, bis der Zucker gelöst ist. Die Eier, das Zitronat, den Kakao und die Haselnüsse (Mandeln) dazugeben, mit der Milch abschmecken.
Das Backpulver mit dem Mehl mischen, sieben und unter die Masse rühren. Bei 200 Grad Ober-/Unterhitze etwa 15–20 Minuten backen. Adventsschnitten werden auf dem Blech gebacken und nachher in gleich große Stücke geteilt.

Der Zuckerguss:
250 g Puderzucker
3 EL Zitronensaft
Beides verrühren und den Guss auf den heißen Blechkuchen geben.

Über die Autorinnen

Gitta Edelmann hat schon an sehr unterschiedlichen Orten Weihnachten gefeiert, u.a. in Rio de Janeiro und Edinburgh, wo sie einige Jahre gelebt hat. Sie verbringt die Festtage gerne entweder in Bonn, wo sie seit über 20 Jahren lebt, oder in ihrer Heimatgegend am Rand des Schwarzwalds.
In Gitta Edelmanns zahlreichen Romanen und Kurzgeschichten für Erwachsene und für Kinder findet man Kriminelles, Historisches oder Fantastik ebenso wie Romantik, meist mit einem Augenzwinkern. Sie leitet zudem Workshops für Kreatives Schreiben und begleitet Autor*innen als Schreibcoach bei ihren Projekten.
Mehr unter: www.gitta-edelmann.de

Regine Kölpin geb. 1964 in Oberhausen (Nordrhein-Westfalen), lebt seit ihrer Kindheit in Friesland an der Nordsee. Sie hat für namhafte Verlage (auch unter Franka Michels) zahlreiche Romane und Kurztexte publiziert und ist auch als Herausgeberin tätig. Regine Kölpin wurde mehrfach ausgezeichnet, z.B. mit dem Bronzenen Homer 2020 (mit Gitta Edelmann) / Titel: Starke Frau Frieslands 2011/ Tatort Töwerland 2010/ 1. Platz E.G.O.N.2009 u.v.m. Mit ihrem Mann Frank Kölpin lebt sie in einem kleinen idyllischen Dorf an der Küste. Dort konzipieren sie gemeinsam Musik- und Bühnenprojekte und genießen ihr Großfamiliendasein mit fünf erwachsenen Kindern und mehreren Enkeln oder lassen sich auf ihren Reisen mit dem Wohnmobil zu Neuem inspirieren.
Mehr unter: www.regine-koelpin.de

Über die Illustratorin

Barbara Behr, 1955 geboren, arbeitete nach einer Schauspielausbildung und Töpferlehre zunächst viele Jahre in den Bereichen Keramik und Design. Dann machte sie ihre eigentliche Leidenschaft des Illustrierens zum Beruf. Sie designt nun schon seit über 20 Jahren mit ihren originellen nostalgischen Motiven und viel Humor Bücher, Papeterie, Adventskalender und viele andere schöne Geschenke mit großartigem Erfolg für den Coppenrath Verlag und internationale Auftraggeber.
Mehr unter: behr-pixelart.de